▶ability 빙의

성수화한 공천호 자쿠로의
스테이터스 강화 상태.
능력 중 일부를 사용할 수도 있다.

Only Sense
온리 센스 온라인
Online 13

"자, 출발！"

뮤우 Myu
한 손 검과 광 마법을 다루는 팔라딘.
GVG에서는 거점 리더로서
이곳저곳에서 활약한다.

GVG개막！
길드·버서스·길드

"그래~, 나도 온 힘을 다해 도울게."

"이 멤버라면 승리는 문제없을 거 같군."

리리 Lyly

일류 목공 기술자.
건축 스피드에는 자신이 있어
거점 방벽 제작을 맡았다.

"나는 대인전을 잘 못 하는데."

클로드 Cloude

주로 가죽과 천을 다루는 재봉사.
GVG에서는 참모를 맡아 여러
플레이어를 지휘한다.

윤 Yun

[아트리엘]을 경영하는 생산직.
생산직이 활약할 수 있는 지침을
보여달라며 GVG 초대를 받았다.

봄. 왕화앵이
흐드러지게
피어난다——

……이제 더 못 땅ㅎ.

온리 센스 온라인
13

아로하자초 지음 | **유키상** 일러스트 | **천선필** 옮김

SNOVEL

커버 그림, 본문 일러스트 | **유키상**

Only Sense Online

GVG와 꽃구경 기획

Only Sense Online

온리 센스 온라인

13

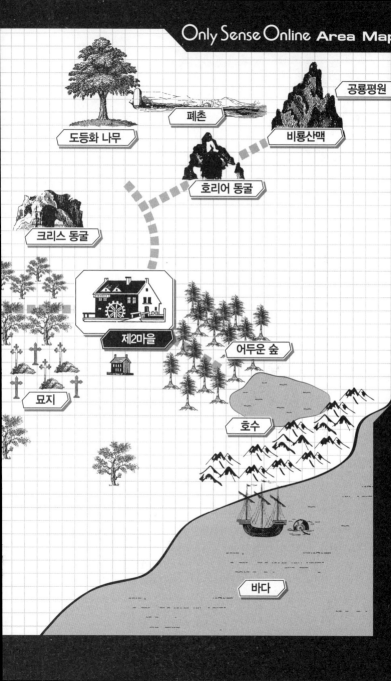

공룡평원

비룡산맥

도등화 나무

폐촌

호리어 동굴

크리스 동굴

제2마을

어두운 숲

묘지

호수

바다

윤　Yun

최고로 인기 없는 무기 [활]을 택해버린 초심자 플레이어. 수습 생산직으로서 부가 마법이나 아이템 생산의 가능성을 깨닫기 시작하고 ──

뮤우　Myu

윤의 리얼 여동생. 한 손 검과 광 마법을 다루는 성기사로 완전 전위형. 베타판에서는 전설이 될 정도의 치트급 플레이어.

마기　Magi

톱 생산직 중 한 명으로 플레이어들 중에서도 유명한 무기 장인. 윤의 든든한 선배로 충고를 해준다.

세이　Sei

윤의 리얼 누나. 베타판부터 플레이한 최강 클래스의 마법사. 수 속성을 주로 다루고 모든 등급의 마법을 구사한다.

타쿠　Taku

윤을 OSO로 끌어들인 장본인. 한 손 검을 다루고 경갑옷을 장비하는 검사. 공략에 애쓰는 정통파 플레이어.

클로드　Cloude

재봉사. 톱 생산직 중 한 명으로 의복류 장비품 가게의 주인. 윤이나 마기의 오리지널 장비 클로드 시리즈를 만들었다.

리리　Lyly

톱 생산직 중 한 명으로 일류 목공 기술자. 지팡이나 활 등의 수제 장비는 많은 플레이어에게 인기를 얻고 있다.

서장　배못과 결정수 씨앗

[아트리엘] 공방에서 일정한 리듬으로 금속을 두들긴다.

두들길 때마다 붉게 달아오른 금속이 불꽃을 튀기며 형태가 조금씩 변해간다.

나는 마법로에 녹인 미스릴 합금으로 어떤 아이템을 만들고 있었다.

"휴우, 이제 74개째. 갈 길이 머네."

형태를 갖춘 미스릴 합금을 냉각수에 담가서 열기를 식히니 푸른 빛이 감도는 금속이 마법로의 빛을 받아 반짝였다.

전체적으로 납작하고 L자 모양 쐐기처럼 생긴 특수한 못을 만들고 있었다.

소재는 미스릴과 블루라이트강 합금.

세밀한 조정을 거쳐 나무 상자에 담았다.

"하나 만드는데 수고가 많이 드네. 다른 플레이어들이 손대지 않을 만도 하지."

목표 100개, 미스릴 합금으로 만든 특수한 못을 만들기 위해 다음 작업에 착수했다.

내가 지금 뭘 하고 있냐 하면 특수한 못── 배못을 만들고 있다.

이 작업을 시작하게 된 계기는 길드 [OSO 어업조합]의 시치후쿠가 갤리온 건조 의뢰를 해온 것이었다.

그 뒤로 목공사인 리리가 설계와 건조 지휘를 맡았고, 재미있을 것 같아서 나와 마기 씨도 그 계획에 참여했다.

갤리온을 만드는데 사용할 예정인 미스릴 합금 배못은 수천 개나 필요하지만 그것을 만들 수 있을 정도로 레벨이 높은 [대장] 또는 [세공] 센스를 지닌 플레이어는 별로 없다.

나는 마기 씨에게 [조금] 센스 레벨을 올리는데 도움을 받아 겨우 미스릴 합금을 만들 수 있게 되었고, 이렇게 배못을 만드는데 참가할 수 있게 되었다.

"센스 레벨이 올라가서 만들 수 있는 범위가 넓어진 건 기쁜데…… 같은 작업을 계속하는 건 은근히 괴롭네. 소재도 은근히 많이 들어가니까 다음부터는 50개씩 만들어야겠어."

나는 혼잣말을 하며 배못을 계속 만들었고, 겨우 목표인 100개를 완성시켰다.

"지금 시간대라면 있겠지. 뤼이, 자쿠로. 나가자."

나는 배못이 들어 있는 나무 상자 뚜껑을 닫고 인벤토리에 넣은 뒤 [아트리엘] 가게의 창가에서 햇빛을 쬐고 있던 뤼이와 자쿠로를 불렀다.

"쿄코 씨, 가게 부탁할게."

"네. 윤 씨, 다녀오세요."

점원 NPC인 쿄코 씨에게 말을 걸자 애교 있는 표정으로 미소를 지으며 우리를 배웅해주었다.

미스릴 합금 배못을 가져갈 곳은 리리의 가게── 그 전에 마기 씨의 가게인 [오픈 세서미]로 향했다.

[오픈 세서미]에 도착한 나는 가게 안에서 대검을 끌어안고 가게의 무기 스탠드로 옮기고 있던 인형을 발견했다.

　"루프는 착실하게 일하고 있는 모양이네."

　『어서 오십시오. 무슨 용건이신지요.』

　내가 가게에 들어온 것을 보고 대검을 끌어안은 채 돌아본 사람은 기계장치 마도인형인 루프였다.

　황야 에리어에서 발견한 [기계장치 마도인형 파츠]를 모아서 수리한 것이 기계장치 마도인형인 그녀였다.

　루프는 OSO에서 희귀한 메이드 로봇이었기 때문에 꽤 주목을 받았고, 한동안은 루프를 보기 위해 [오픈 세서미]에 사람들이 몰려들곤 했지만 지금은 가라앉은 모양이었다.

　"루프, 요즘은 어때?"

　『네. 마스터께서 태엽을 감아주시거나 몸을 정비해주셔서 상태는 양호합니다.』

　인형이기 때문에 말투가 매우 담담하고 표정도 거의 변하지 않았지만 나는 미소를 지으며 고개를 끄덕였다.

　"그거 다행이네."

　『네, 실제로 출력 상승을 목표로 하여 팔 부분을 교환했기에 마스터에게 도움이 되고 있습니다.』

　"마기 씨를 돕는다고?"

　출력 상승, 그리고 팔 부분을 교환, 왠지 불안해지는 단어를 듣고 되물었다.

　『출력 상승에 따라 점포 내부에 있는 중량이 큰 전시물을 이동시키는 것이 편해졌다며 마스터께서 기뻐하셨습니다.』

"아~, 응. 잘됐네~."

루프는 담담하게 말했지만, 별로 힘들지 않게 들어 올린 대검을 소중히 끌어안고 있는 모습을 보니 마기 씨에게 도움이 되어 기쁘다는 마음을 품고 있는 것처럼 보이기도 했다.

나는 그런 루프를 따스하게 지켜보기로 했다.

"맞다. 마기 씨에게 볼일이 있는데, 연락 좀 해줄래?"

『네. 마스터께 윤 님께서 오신다는 말씀을 들었습니다. 바로――.』

그렇게 말하고 옮기고 있던 대검을 무기 스탠드에 놓고 안쪽 공방에 있는 마기 씨를 부르러 갔다.

"그건 그렇고 NPC도 아닌데 감정이 풍부하네."

기계장치 마도인형인 루프와 주고받은 이야기를 떠올리며 조용히 중얼거렸다.

인공적이고 기계적인 대응과 외모를 보면 NPC에 비해 감정 표현의 방법이 제한되어 있는 것 같다.

하지만 이야기를 나누거나 하는 행동을 보면 제한된 부분을 메꿀 수 있을 정도로 감정 표현을 잘 하는 것 같기도 하다.

"그래서 OSO가 재미있는 거지."

NPC나 사역 MOB이 보여주는 리얼한 반응을 보면 질리지 않는 즐거움이 느껴진다.

그런 생각을 하고 있자니 마기 씨가 공방에서 나왔다.

"윤 군, 기다렸지. 루프는 나하고 윤 군에게 차를 내줄래?"

『알겠습니다. 마스터.』

공손히 인사하고 공방의 열을 이용해 차를 준비하는 루프의 뒷모습을 보며 마기 씨와 마주 보고 앉았다.

"루프는 꽤 익숙해졌네요."

"그래. 힘도 세니까 광석이나 무기를 옮기는 걸 도와주기도 하고, 메이드복 차림이니까 가게 안이 화사해져서 좋거든."

마기 씨가 그렇게 대답하자 나도 맞장구를 치는 듯이 고개를 끄덕였다.

"그럼 루프가 차를 가져다주기 전에 얼른 끝내자."

나는 마기 씨의 말을 듣고 배못이 들어 있는 나무 상자를 인벤토리에서 꺼내 내밀었다.

"마기 씨, 부탁드릴게요."

"오케이~, 내게 맡겨. 그런데 배못 품질 확인은 리리가 하는 거 아니야?"

"뭐, 루프의 상태를 볼 겸 해서요. 그리고 마기 씨에게 레벨을 올리는데 도움을 받았으니 제가 성장한 모습도 보여드리고 싶고……."

나는 마기 씨에게 배못의 품질 확인을 부탁한 이유를 말했다.

그렇게 말한 다음 조금 쑥스러워져서 볼을 긁자, 마기 씨가 나무 상자에서 꺼낸 배못의 확인 작업을 하며 살짝 웃었다.

"윤 군은 정말 듣기 좋은 말만 해준다니까."

그렇게 미소를 지으면서도 작업은 정확하게 이루어졌고,

하나당 몇 초 정도 걸린 확인 작업이 끝나자 탈락한 것은 100개 중 2개뿐이었다.

"대량 생산 계열 아이템인데도 불구하고 리리가 원하는 품질에 미치지 못하는 건 단 두 개. 응, 윤 군은 솜씨가 좋구나."

"두 개나 섞여 있었구나. 좀 충격인데."

꽤 잘 만든 것 같았는데, 그렇게 말하며 어깨를 늘어뜨린 나를 보고 마기 씨는 쓴웃음을 지으며 탈락한 배못 두 개를 들어 보였다.

"탈락하긴 했지만 조금 수정하면 금방 리리가 원하는 기준을 넘을 수 있는 정도니까 너무 상심하지 마."

"정말로요?"

"응. 자, 여기를 봐. L자로 구부러져 있는 부분. 여기가 제일 부러지기 쉬우니까. 온도가 높을 때 단숨에 식히는 작업이 부족했던 모양이네."

"아, 계속 연달아 만들다 보니 냉각시키기 위해 사용한 물이 미지근해진 거구나."

"그래. 냉각수 교환은 조금 일찍 하는 게 좋을지도 모르겠어. 이 정도면 가열해서 다시 식히기만 하면 문제없을 것 같은데, 여기서 고칠래?"

"네. 공방을 좀 빌릴게요."

마기 씨가 한 제안을 듣고 고개를 끄덕인 뒤 바로 안쪽에 있는 공방의 마법로를 빌리려고 일어서자 안쪽에서 은쟁반에 담은 티 세트를 든 루프가 나왔다.

『마스터. 차 준비가 되었습니다.』

"그럼 작업은 차를 마신 다음에."

"네. 알겠어요."

나는 다시 앉아서 기계장치 마도인형인 루프가 마련해준 차를 마시기로 했다.

티 포트로 컵에 차를 따르는 것을 기다리던 동안, 마기 씨는 기뻐하는 눈치였다.

"사실 클로드나 윤 군네 가게에 있는 NPC가 바로 차를 준비해주는 걸 보고 정말 부러웠었거든."

"그러셨나요?"

"잠깐 말한 것만으로도 바로 차를 준비해주고, 타이밍 좋게 차를 대접해주는 건 멋지잖아."

물론 스스로 준비해주는 윤 군도 멋지고, 마기 씨가 그렇게 말했다.

그렇게 NPC인 쿄코 씨를 높게 평가해주니 기쁜 반면, 아무렇지도 않게 한 행동까지 높은 평가를 받자 쑥스러워졌다.

그리고 루프가 차를 따른 컵을 우리 앞에 놓았고, 나와 마기 씨가 컵을 들었다.

"클로드가 나누어준 차를 마셔볼까?"

"네. 그럼 잘 마실게요."

옆을 힐끔 보니 무표정하지만 자신만만한 듯한 루프가 보였다.

컵에서 풍기는 홍차의 향기를 맡아보니 평소에 마시던 홍차보다 향기가 좀 진한 것 같았다.

그리고 컵을 기울여 한 입 마셔보니——.

"떫어?! 어? 홍차?!"

"윽, 루프? 너무 오래 끓인 거 아니야? 마실 수가 없을 정도로 떫은데."

마기 씨도 그렇게 느꼈는지 눈살을 찌푸리며 홍차를 내려놓았다.

『초기화의 영향으로 인해 축적되어 있던 봉사 지식이 완전히 결핍되었습니다. 따라서 받은 찻잎을 대량으로 사용하여 고온 추출을 실행하였습니다.』

기계장치 마도인형이라 표정이 많이 변하지는 않았지만, 만약 많이 변했다면 분명 의기양양한 표정을 지었을 것 같다.

쿨한 메이드 로봇인줄 알았는데, 설마 고물 메이드 로봇의 가능성을 품고 있었을 줄이야.

『이 기계의 몸으로는 온도를 측정할 순 있습니다만 미각, 후각을 수치적으로 감지하는 것은 힘듭니다. 따라서 마스터께서는 취향에 맞는 차를 끓일 수 있게 될 때까지 협조해주셨으면 합니다.』

그 과정이 끝날 때까지 계속 떫은 차를 마셔야 한다는 가능성으로 인해 기계장치 마도인형이 폭주했을 때와는 다른 전율이 느껴졌다.

마기 씨가 내게 도움을 요청하는 듯한 시선을 보냈다.

"저기…… 루프? 우선 내가 기본적인 차를 끓이는 방법을 가르쳐줄 테니까 그걸 기반으로 마기 씨 취향에 맞는 맛을 찾아보자."

『윤 님께서 가르쳐주신다니, 이 기계의 분수에 넘치는 영광입니다.』

그렇게 말하고 고개를 꾸벅 숙이며 인사하는 루프.

마기 씨는 말이 없었지만 고맙다는 눈초리로 나를 바라보았다.

그런 뒤 루프에게 [아트리엘]에서 일하는 쿄코 씨에게 그랬던 것처럼 차를 끓이는 법을 가르쳤다.

우선 차가 떫어진 이유를 조사해보니 티 포트에 절반 정도 찻잎이 담겨 있었기에 그냥 찻잎을 많이 넣었기 때문이라는 것을 알아낼 수 있었다.

그런 다음 티 스푼에 어느 정도 양을 넣는지, 그리고 물의 온도와 끓이는 시간 등을 알려주었고──.

"응. 아까하고 비교하면 정말 좋아졌어! 고마워, 윤 군, 루프."

"휴우, 이러면 되겠지."

『윤 님, 감사합니다. 마스터께서 기뻐해주셨습니다.』

지식이 없기 때문에 보여주는 고물 같은 모습이 귀엽게 느껴지는 루프.

『마스터, 윤 님. 배가 고프시지 않으십니까? 제가 간식을 준비하겠습니다.』

"잠깐! 루프, 안 그래도 돼! 아니, 일단 배우고 나서 하자!"

필사적으로 말리는 마기 씨를 보고 무표정하게 낙담하는 루프.

(윤 군…….)

루프에게 들리지 않게끔 프렌드 통신을 써서 내게 말하는 마기 씨.

(그래도 지금은 힘들어요. 시간도 없으니까, 다음에 시간이 나면 간단한 레시피를 하나씩 가르칠 테니까요.)

(에휴, 기계장치 마도인형을 조수로 삼는 계획은 갈 길이 멀구나.)

나는 그렇게 이야기를 주고받으면서 겨우 마기 씨의 공방을 빌려 품질 확인 과정에서 탈락한 배못을 수정했고, 다시 확인을 거쳐 합격을 받은 다음 [오픈 세서미]를 나섰다.

그리고 바로 리리의 가게로 향했다.

●

[리리의 목공점]이라는 간판이 걸려 있는 가게로 들어가 점원 NPC에게 말을 걸자 바로 안쪽으로 들여보내 주었다.

가게 통로 안쪽에 있는 까만 문을 지나자 그곳에는──평원이 펼쳐져 있었다.

[개인 필드 소유권]이라는 아이템을 통해 생성된 필드에는 평원을 기반으로 하여 소유자인 리리가 만든 조선소 건

물과 식목장이 있었다.

넓은 평원으로 나오자 자쿠로를 등에 태운 채 성수화한 뤼이.

기다리고 있자니 성수화한 뤼이의 등에 리리의 파트너인 불사조 네시아스가 내려앉았다.

"윤찌! 기다리고 있었어~!"

잠시 후 네시아스보다 늦게 가게로 이어지는 까만 문쪽으로 뛰어오는 리리가 보였다.

"리리. 오래 기다렸어?"

"그렇게 오래 기다리진 않았어. 애초에 미스릴 합금 배못이 부족해서 갤리온 쪽 작업 진도가 안 나갔거든."

그렇게 말하며 신경 쓰지 말라는 듯이 손을 젓는 리리.

그리고 네시아스와 다른 사역 MOB들을 보고 나와 리리가 마음대로 놀라고 하자 뤼이가 등에 자쿠로와 네시아스를 태운 채 평원을 걸어가기 시작했다.

"그럼 조선소 쪽에서 이야기를 할까?"

"그래. 우선 배못을 납품하고 싶으니까."

그렇게 말하고 고개를 끄덕인 뒤 리리와 함께 조선소 쪽으로 향했다.

조선소 안에서는 플레이어 여러 명이 목재를 가공하고 있어서 예전에 왔을 때보다 활기찬 느낌이었다.

그리고 나와 리리가 조선소로 들어가자——.

"대장님! 고생 많으십니다!"

"""——고생 많으십니다!"""

리리가 다가가자 덩치가 큰 남자 플레이어들이 일제히 고 개를 숙였기에 리리는 쓴웃음을 짓고 손을 저으며 다시 작 업에 착수하라는 지시를 내렸다.

"꽤 많이 변했구나."

"시치후쿠네 길드, [OSO 어업조합] 플레이어들에게 [목 공] 센스를 가르치다 보니 이렇게 되어버렸어."

"저기, 안 창피해? 대장님이라고 부르는데…….."

"뭐, 조금. 그래도 익숙해졌어. 내 지시에 따라 통일된 듯 이 움직이면서 목조 제품을 만들어내는 모습을 볼 수 있으 니 즐겁거든."

그렇게 쓴웃음을 지으며 대답하는 리리.

"지시하는 쪽이 되어서 [교도] 센스를 취득했더니 다들 [목공] 레벨이 잘 올라가게 되었으니까 더 즐겁고."

[교도] 센스는 자신이 소지하고 있는 센스에 대해 지도, 보조함으로써 다른 플레이어가 얻는 경험치를 상승시켜주 는 센스다.

리리가 그 센스를 사용함으로써 길드 [OSO 어업조합] 플 레이어들이 조선 집단으로 변하기 시작하고 있었다.

"지금은 소재가 별로 없어서 사람도 별로 없어."

"호오, 더 늘어나는구나."

"지금은 스스로 시험 제작한 보트를 타고 바다에 나가거 나 배못 소재를 모으고 있거든."

그렇게 말하는 리리의 설명을 듣고 감탄하며 고개를 끄덕였다.

그리고 조선소 귀퉁이에 마련되어 있던 테이블 앞에 앉아 인벤토리에서 배못이 들어 있는 나무 상자를 꺼냈다.

"이게 첫 납품 분량이야."

"고마워, 윤찌. 이제 조금이나마 작업 진도가 나가겠네!"

리리가 바로 배못의 품질 확인에 들어갔고, 바로 100개 모두 문제없다는 것을 확인했다.

"배못은 문제없어. 이게 배못 대금이야. 그리고 다음 납품 때 사용할 소재도 줄게."

나는 가죽 주머니에 들어 있는 배못 대금과 미스릴 합금을 만들 소재를 받은 뒤 확인하고 거래를 마쳤다.

필요 수량이 많은 배못 만들기 작업은 미스릴 합금을 사용하기 때문에 난이도가 높지만, 별로 짭짤한 의뢰는 아니다.

하지만 갤리온을 만드는데 참여할 수 있게 되었고, 완성되는 게 기대되었다.

"갤리온은 지금 어느 정도 만든 거야?"

"음~. 배의 뼈대 부분은 조립했는데 배못이 부족하고, 작업에 참여하는 플레이어의 레벨과 재료가 부족해서 진도를 못 나가고 있어."

봐, 리리가 그렇게 말하며 손가락으로 가리킨 곳에 뼈대만 조립된 목조선이 있었다.

아직 완성되려면 멀었기에 설계도를 보고 상상한 완성된

모습과는 많이 달라서 옆을 지날 때도 눈치채지 못했다.

"그래서 한가하거든~."

그렇게 말하며 테이블에 엎드린 뒤 나를 올려다보았다.

"마기찌는 기계장치 마도인형처럼 재미있는 거 하던데. 나도 뭔가 재미있는 걸 하고 싶어."

"나한테 그래봤자……, 앗."

"응? 윤찌, 재미있는 거 있어?"

나는 몸을 벌떡 일으킨 리리에게 흥미를 보일 만한 이야기를 했다.

"있긴 한 것 같은데? [화석]을 복원했을 때 나온 식물의 씨앗이 있거든."

알고 지내는 조교사인 레티아의 도움을 받아 [화석] 아이템을 대량으로 모아서 복원시켰을 때 레티아가 필요한 것 이외의 아이템을 동료들과 나눠 가졌다.

그 아이템 중 식물 계열 씨앗 같은 아이템은 내가 받았는데, 희귀한 식물 아이템 씨앗이 하나 있었다.

아이템 이름으로 보아하니 약초 계열이라기보다는 나무 계열에 가까운 식물의 씨앗인 것 같다.

"그 식물의 씨앗 이름이—— [셰이드 결정수 씨앗]이라는 아이템인데."

그렇게 말하고 인벤토리에서 씨앗을 꺼내 테이블 위에 올려놓았다.

까만 섬유질 껍데기로 둘러싸인 호두 정도 크기의 씨앗을 리리가 직접 손으로 들고 확인해보았다.

"이건 나도 처음 보는 나무 씨앗이네. 저기, 이건 어떤 성질을 지닌 나무가 자라는데?!"

"아니, 그건 몰라."

"모른다고?"

"싹이 트는 조건을 모르겠어. 그래서 우선 [메이킹 박스]로 복제만 하고 있고."

[메이킹 박스]란 여름 캠프 이벤트 보수로 얻은 하루에 한 번 지정된 종류의 소재를 랜덤으로 주는 기능과 소재 복제 기능을 지닌 아이템이다.

[셰이드 결정수 씨앗]은 소재의 랭크가 높긴 하지만 씨앗이기 때문에 성공 확률이 5할 정도였고, 지금은 다섯 개까지 늘렸다.

하지만 정작 중요한 싹이 트는 조건을 몰라서 인벤토리에 넣어두기만 하고 있었다.

"그렇구나! 재미있을 것 같아! 나는 나무 쪽을 잘 알고, 윤찌는 약초 쪽을 잘 아니까 협력해서 싹을 틔워보자!"

"그래. 리리, 도와줄래?"

"물론이지!"

내가 묻자, 당연하다는 듯이 고개를 끄덕이는 리리.

배못도 계속 만들 예정이지만, 그것과는 별개로 리리와 함께 [셰이드 결정수 씨앗]의 싹을 틔우는 조건을 찾게 되었다.

1장   원예사 NPC와 나무 재배

나와 리리는 뤼이와 자쿠로, 네시아스를 데리고 [셰이드 결정수 씨앗]의 싹을 틔우는 방법을 찾으러 나섰다.

"윤찌는 어느 쪽을 조사해봤어?"

"평소에 신세를 지고 있는 농부 NPC에게 키우는 법을 물어보았는데 모른다고 해서 도서관에서도 조사해봤지만 찾을 수가 없었어. 그래서 그냥 시험 삼아 키워보았는데 실패했거든."

큼직한 화분에 흙과 비료를 넣고 씨앗을 묻은 뒤 [아트리엘]의 옆에 세운 유리 하우스에서 다른 식물과 마찬가지로 키워보았다.

며칠 뒤, 실패했다는 것을 알리는 메시지를 받았다.

지금까지 식물을 재배할 때는 농부 NPC의 조언을 받기도 했고, 쿄코 씨가 관리해주기도 했기에 실패한 적이 없어서 은근히 충격적이었다.

"그렇구나. [셰이드 결정수]에 대해 조사해보았는데 알아내지 못했으니 다른 호칭이 있을지도 모르겠네."

"그럴지도 모르겠다. 아이템 이름만 숨겨져 있다든가."

리리의 지적을 듣고 보니 내가 놓친 부분이 생각났다.

이번에는 다른 시점으로, 도서관에서 찾아보면 뭔가 나올 수도 있겠지만 아무래도 힘들 것 같았다.

"그런 건 [목공사]인 내게 맡겨."

"리리는 뭔가 아는 게 있어?"

"아니. 몰라!"

자신만만하게 맡기라고 하면서도 모르겠다며 딱 잘라 말하는 리리.

괜찮은가? 나는 그렇게 내심 불안해졌지만, 리리는 활짝 웃으며 대답했다.

"윤찌가 약초 쪽에 대해 잘 모를 때 농부 NPC에게 물어보는 것처럼, 나도 물어볼 NPC가 있거든."

"호오, 그런 NPC가 있구나."

"뭐, 따라와."

그렇게 말하며 걸어가기 시작한 리리를 따라갔다.

나와 리리는 제1마을 포탈을 통해 제2마을로 전이했다.

언제 와도 느긋한 시골 마을 같은 경치를 보니 표정이 자연스럽게 부드러워졌다.

"윤찌, 이쪽이야."

"저기, 리리가 가려는 곳이 어딘데?"

"금방 도착할 거야."

좀처럼 가르쳐주지 않는 리리를 따라가다 보니 작은 포도밭이 있는 교외 농가 건물에 도착했다.

건물 앞까지 다가가자 어떤 남자가 파이프를 물고 마루에서 쉬고 있는 모습이 보였다.

"안녕하세요~."

"아, 리 꼬맹이로구나. 오늘은 아가씨하고 동물들까지 데리고 왔는데, 무슨 일이지?"

남자 NPC는 파이프에서 입을 뗀 뒤 나와 리리, 그리고 사역 MOB들을 바라보았다.

나는 조용히 인사를 하며 리리에게 물었다.

"리리. 이 사람은 누구야?"

"포도 농사를 짓는 원예사 NPC야."

"원예 쪽은 취미로 가끔 하는 것뿐인데. 그래서 내게 무슨 볼일이지?"

푸근해 보이는 남자가 다시 그렇게 묻자, 나는 인벤토리에서 [셰이드 결정수 씨앗]을 꺼내 보여주었다.

"호오, 이건…….."

내가 손안에 있던 까만 섬유질 덩어리 같은 씨앗을 내밀자 원예사 NPC는 그것을 받아들고 이리저리 살펴보았다.

조사해보다 눈을 크게 뜨고 깜짝 놀란 듯한 표정을 보이는 원예사 NPC.

"이건 [셰이드 결정수 씨앗]인가? 희귀한 건데."

"역시 희귀한 건가요?"

내가 묻자, 원예사 NPC가 부드러운 표정을 지으며 사과했다.

"미안하군. [셰이드 결정수] 자체가 희귀한 거라 씨앗을 보니 흥분하고 말았어."

그렇게 말한 원예사 NPC에게서 까만 씨앗을 돌려받은 뒤

더 자세한 이야기를 듣기 시작했다.

"[셰이드 결정수]는 자연계에서도 희귀하지. 특정한 조건이 아니면 싹이 트지 않아서 재배하기가 어려운 식물이고. 그래서 일반적인 원예사는 다루지 않아."

"그렇구나……."

리리는 풀이 죽어 어깨를 늘어뜨렸지만, 원예사 NPC의 이야기는 거기서 끝나지 않았다.

"내 지인 중에 [셰이드 결정수]에 대해 잘 아는 사냥꾼이 있지. 소개장을 써줄까?"

"감사합니다. 그런데 왜 사냥꾼이?"

"[셰이드 결정수]의 섬유질 껍질, 나뭇잎, 수액을 사냥 도구 소재로 사용한다더구나."

원예사 NPC는 집 안으로 들어가 소개장을 가지고 와서 리리에게 건넸다.

받아든 소개장이 신경 쓰이는지 자쿠로와 네시아스가 냄새를 맡으려는 듯이 코를 들이댔고, 장난을 치기 전에 리리가 인벤토리 안에 넣었다.

"리 꼬맹이들은 분명 여기로 오기 전에 [셰이드 결정수]에 대해 조사해봤겠지?"

마루에 다시 앉은 원예사 NPC는 이쪽을 똑바로 바라보았다.

"그리고 찾아내지 못해서 내게 왔겠지. 그 식물의 이름을 찾아내지 못했던 이유도 사냥꾼을 만나면 알 수 있을 게다."

이야기를 다 들은 나와 리리는 바로 [셰이드 결정수]에 대해 잘 아는 사냥꾼 NPC가 있는 곳으로 향했다.

제2마을 근처 숲에 있는 오두막이라는 말을 듣고 그 부근까지 갔는데——.

"이 근처 에리어에 자주 왔는데 오두막 같은 건 본 적이 없어."

"아, 나도. 목재를 확보하러 자주 오는데 그런 건물은 본 적이 없어."

바로 막막한 느낌이 들어 멈춰 선 나와 리리.

슬슬 해가 지기 시작하는 시간이 되었기 때문에 찾으려면 서둘러야 한다.

"생각해봤자 소용없으니 일단 숲으로 들어갈까?"

"그래. 숨겨져 있는 곳이라면 윤찌의 [간파] 센스를 믿어야지!"

"아니, 그래도 말이지."

나는 메뉴에서 센스 스테이터스를 확인했다.

소지 SP 15
[마궁 Lv23] [하늘의 눈 Lv22] [간파 Lv34] [준족 Lv26]
[마도 Lv27] [대지속성 재능 Lv8] [부가술사 Lv1] [조교 Lv34]
[요리인 Lv15] [물리공격 상승 Lv21] [생산직의 소양 Lv21]

대기

[활 Lv55] [장궁 Lv39] [조약사 Lv18] [연금 Lv47] [합성 Lv46]

[조금 Lv37] [수영 Lv18] [언어학 Lv27] [등산 Lv21]

[신체내성 Lv5] [정신내성 Lv4] [선제의 소양 Lv11]

[급소의 소양 Lv10] [염동 Lv3]

리리에게 납품할 미스릴 합금 배못을 만들어서 [조금] 센스와 관련 보조 센스 레벨이 올랐다.

그리고 [부가술] 센스의 레벨이 50에 도달했기에 상위 센스인 [부가술사]로 성장시켰다.

상위 센스가 되어 일시적으로 스테이터스가 내려가긴 했지만 상승률이 높기 때문에 조만간 원래대로 돌아올 것이다.

"내 [간파] 센스로 찾아낼 수 있으려나."

해가 지기 시작했기에 찾을 수 있는 시간이 얼마 남지 않았다.

사람이나 건물을 찾을 때는 리리의 파트너인 네시아스가 하늘 위에서 찾는 게 더 빠를지도 모른다.

그렇게 생각하며 리리와 함께 제2마을 근처 숲에 발을 내딛자 잠시 후 우리 앞에 어떤 남자가 모습을 드러냈다.

"나를 부르기 위한 냄새를 맡고 와보니 어린애 두 명이라니. 너희는 누구냐?"

까만 외투에 입가를 가린 까만 천, 장궁을 등에 메고 허리에는 큼직한 칼을 찬 그 남자는 사냥꾼 같기도 했다.

그런데 그 위압적인 분위기로 인해 옆에서 걸어가던 뤼이가 갈기털을 곤두세웠고, 자쿠로가 내 몸을 타고 올라가 후드 안으로 숨어버렸다.

리리가 있는 쪽에서도 품속에서 네시아스가 떨고 있었다. 사역 MOB들의 이상한 반응을 보니 평범한 사냥꾼 NPC 같지는 않았다.

"어째서 그 냄새를 풍기는 거지? 그건 지인에게만 준 향수인데."

"원예사가 말했던 사냥꾼이야? 소개장을 받았는데."

리리가 인벤토리에서 좀 전에 받은 소개장을 꺼내자 남자가 한층 더 경계했다.

"그걸 땅바닥에 내려놓고 물러서라."

"저기······."

"내 지시에 따라라."

입가를 가린 천 너머로 엄하게 내린 명령을 듣고 약간 울상을 지은 리리가 순순히 소개장을 내려놓고 나와 함께 몇 발자국 물러섰다.

"흐, 흐에에엥! 윤찌! 무서웠어어!"

"아~. 그래, 그래."

조용하지만 거역할 수 없는 느낌이 담겨 있는 말을 들은 리리가 부들부들 떨면서 내 팔에 달라붙었기에 위로해주려고 머리를 쓰다듬었다.

그리고 땅바닥에 내려놓은 소개장을 주워든 사냥꾼으로 보이는 NPC가 소개장의 냄새를 확인한 뒤 열어서 내용을 확인했다.

"그 녀석이 쓴 소개장, 확실히 받았다. 따라와라."

여전히 거역할 수 없는 느낌이 드는 말투로 말한 뒤 숲속을 나아가기 시작한 사냥꾼 NPC.

처음 만났을 때부터 껄끄럽다는 느낌이 들어서 그런지 조금 당황한 리리와 함께 사냥꾼 NPC를 따라갔다.

가던 도중 숲속에 놓여 있던 표시 같은 돌을 따라가는 듯이 꾸불꾸불 나아가는 사냥꾼 NPC 뒤를 따라가자 오두막한 채가 보였다.

"여기까지 왔으니 괜찮겠지."

그렇게 말하고 오두막 앞에 있던 통나무 의자에 앉은 사냥꾼 NPC는 외투와 입가를 가리고 있던 천을 벗고 우리에게 얼굴을 보여주었다.

"자, 용건을 간단히 말해라."

볼에 칼자국이 있고 눈초리가 매서운 남자 NPC의 말을 듣고 겁을 먹은 리리 대신 내가 물어보기로 했다.

"우선 [셰이드 결정수 씨앗]의 싹을 틔우는 방법을 가르쳐 줬으면 하는데."

나는 원예사 NPC에게 보여주었을 때와 마찬가지로 인벤토리에서 꺼낸 씨앗을 보여주었다. 그러자 남자가 기분이 나쁘다는 듯이 코웃음쳤다.

"어린애들이 가지고 다닐 만한 씨앗이 아닌데. 어디서 얻었지?"

"저기…… 그게 무슨 뜻이야?"

"말 그대로다. 이 녀석은 제대로 된 사람이 써먹을 식물이 아니야. 전 암살자인 내가 쓰는 것처럼 암흑가에서 중요시하는 희귀 식물이지."

기분이 상한 듯이 그렇게 말한 사냥꾼, 아니 전 암살자 NPC.

그 말을 듣고 흥미가 생긴 리리가 마음을 굳게 먹고 물었다.

"그 원예사하고는 어떤 관계야?"

"쳇, 그 녀석은 원래 귀족의 정원을 관리하고 있었고, 나는 어디에나 있는 암살자다. 그 녀석에게 잡혀서 억지로 암살자를 그만두게 되었지만 말이야."

짜증난다는 듯이 대답하는 전 암살자 NPC.

그리고 화제를 전환하기 위해서인지 내가 들고 있던 [셰이드 결정수 씨앗]을 손가락으로 가리켰다.

"그걸 조사해봤는데 알아낼 수 없어서 내가 있는 곳으로 왔겠지. 이런 식물은 암살할 때 쓸 수 있다. 그래서 보통은 말로만 전해지지. 만약 문자로 남아 있다 해도 대부분 암호화되어 있을 거다."

——그렇게 알고 싶었던 정보를 가르쳐주었다.

농부 NPC는 모른다 해도 약집 할머니라면 뭔가 알고 있었을지도 모르겠다. 이야기를 듣고 보니 그런 생각이 들었다.

"그럼 키우는 법은——."

"그 씨앗의 싹을 틔우려면 어둡고 습한 곳에 묻어야 한다. 그리고 싹이 튼 뒤로도 키우려면 대량의 양분이 필요하고. 부족하면 금방 말라죽거나 썩지."

"자, 잠깐만 기다려——."

나는 허둥대며 메모지와 펜을 꺼내 방금 들은 조건을 적었다.

"묘목 크기까지 키우면 햇빛 아래에서도 안정적으로 큰다. 그 나무가 자라나면 빛을 빨아들여 주위를 조금 어둡게 만들거나 사람들을 헤매게 만드는 힘을 지니게 되지. 헤매임의 숲 같은 곳에서 조난당하는 원인 중 하나다."

전 암살자 NPC의 이야기를 리리와 함께 고개를 끄덕이며 들었다.

뻔한 내용 같으면서도 흥미로웠고, 즐거운 기분이 들었다.

"마지막으로 써먹을 수 있는 소재는 섬유질 껍질로 밧줄을 만들 수 있고, 나뭇잎에서 추출할 수 있는 염료는 빛을 빨아들이는 성질이 있어서 은밀성이 뛰어나지. 그리고 손을 좀 보면 암살자들이 자주 쓰는 암시약도 만들 수 있다. 그밖에도 수액으로 경화수지를 만들 수도 있고."

그렇게 말한 뒤 자신의 장비 중에서 [셰이드 결정수] 염료로 물들인 외투를 손가락으로 가리켰고, 섬유 형태의 껍질을 한데 묶은 밧줄에 까만 수지를 발라 만든 튼튼한 밧줄,

그리고 연고 형태의 약을 꺼내 보여주었다.

"자, 듣고 싶은 건 다 들었겠지. 그럼 어린애들은 어서 돌아가라."

"응, 알았어. 가르쳐줘서 고마워."

리리가 전 암살자 NPC에게 인사를 했지만 그 NPC는 고개를 돌렸다.

"이런 암흑가의 기술은 어린애들이 재미 삼아 조사해볼게 아니다. 두 번 다시 오지 마라."

그렇게 말한 뒤 오두막 안으로 들어간 전 암살자 사냥꾼 NPC.

"……윤찌. 왠지 무서운 느낌인가 싶었는데 의외로 좋은 사람 같지?"

"뭐, 그냥 좋은 사람 같기도 한데."

무뚝뚝한 느낌이지만 질문을 하면 대답해주는 것 같다.

암흑가의 기술이라든지 암살 기술 같은 살벌한 단어를 듣긴 했지만 그것도 포함해서 [조약] 센스를 지니고 있는 내게는 필요한 지식이다.

상대방은 이제 내키지 않을지도 모르겠지만, 나와 리리는 앞으로도 그와 관계를 맺게 될 것 같다.

●

나와 리리는 전 암살자 NPC에게 [셰이드 결정수 씨앗]의 싹을 틔우는 조건과 키우는 법을 배운 뒤 로그아웃했다.

그리고 그 뒤로 현실에서는——.

"오빠! 오빠! 봐봐!"

"미우. 고등학교 교복을 받았구나."

3월이 되자 고등학교 진학을 앞둔 중학교 3학년 미우는 일찌감치 봄방학을 맞이했다.

그런 미우가 이번 봄부터 입게 될 교복을 입고 내게 보여 주었다.

"에헤헤, 귀엽지? 시즈카 언니가 입은 걸 본 뒤로 계속 입어보고 싶었거든."

그렇게 말하고 그 자리에서 한 바퀴 돌자 교복 치맛자락이 붕 떴다.

나와 미우가 다니는 학교는 중학교에서 고등학교로 그대로 올라가는 에스컬레이터식이지만 중학교와 고등학교 교복이 다르다.

중학교는 가쿠란과 세일러복, 고등학교는 블레이저, 그렇게 학교에서 지정한 교복이 바뀐다.

블레이저 교복을 입은 미우가 조금 어른스러워 보였다.

"오빠, 같이 사진 찍자! 시즈카 언니한테 보낼 거야!"

"정말, 어쩔 수 없지."

미우는 내 팔에 딱 붙을 정도로 나란히 서서 팔을 뻗어 휴대폰으로 사진을 찍으려 했다.

"미우, 그렇게 찍으면 얼굴만 나오니까 나한테 휴대폰을 줘."

"앗! 그렇구나! 잠깐만 기다려!"

나는 미우에게 휴대폰을 받고 약간 떨어졌다.

미우는 내가 휴대폰을 들자 급하게 손으로 머리를 다듬고 등을 쭉 폈다.

표정이 조금 딱딱해진 미우를 보고 쓴웃음을 지으며 미우의 교복 차림을 휴대폰 카메라로 담았다.

"응. 찍었어."

"오빠, 고마워. ……으, 표정이 좀 딱딱한 것 같은데."

미우는 휴대폰을 받아서 자신의 사진을 확인하고는 약간 불만스러운 눈치였다.

"긴장하긴 했는데, 순진한 느낌이 들잖아?"

"그럴지도 모르겠지만…… 뭐, 됐어."

그렇게 말하고 사진을 저장한 다음 메일을 쓰기 시작한 미우.

시즈카 누나에게 메일을 보낼 거라 생각하고 나는 부엌에서 차와 과자를 준비했다.

"미우. 입학식 전에 교복이 더러워지면 안 되니까 간식 먹기 전에 옷 갈아입고 와."

"응! 알았어!"

메일을 다 보냈는지 곧바로 복도를 뛰어가 자신의 방으로 돌아간 미우.

재빠르게 옷을 갈아입은 미우는 가벼운 옷차림으로 돌아와 내가 건넨 차와 과자를 받아들었다.

　"슌 오빠, 고마워."

　"별말씀을."

　나도 소파에 앉아 미우와 함께 오후 시간을 보내던 와중에——.

　"저기, 오빠. 한가하니까 OSO에서 같이 파티 짜지 않을래?"

　미우가 나를 올려다보며 그렇게 물어보았다.

　"루카토네는?"

　"루카네도 봄방학일 텐데, 로그인 타이밍이나 로그인 시간을 잘 맞출 수가 없어."

　"미안하지만 리리하고 볼일이 있어서 오늘은 안 돼."

　"그렇구나, 알았어. 그럼 오늘은 [팔백만] 길드 하우스나 갈래."

　그렇게 말하고 차와 과자를 들고 일어서서 다시 자신의 방으로 돌아간 미우.

　게임에 푹 빠진 미우를 보고 진학 시험은 괜찮으려나, 그렇게 생각하면서 나도 간식을 먹은 다음 방으로 돌아와 VR 기어를 장착하고 OSO에 로그인했다.

　OSO에 로그인한 나는 약속 시간에 맞게 리리가 개인적으로 소유하고 있는 평원 필드에 와 있었다.

"그럼 [셰이드 결정수 씨앗]을 키울 환경을 만들자~!"

"""오~!"""

"오~?"

그곳에 모여 있던 사람은 시치후쿠를 포함한 길드 [OSO 어업조합] 사람들이었다.

리리의 구령에 맞춰 주먹을 들어 올리며 소리를 질렀다.

나도 덩달아 주먹을 살짝 들었는데, 약간 떨어진 곳에서 보고 있던 뤼이의 시선이 마음에 박혔다.

"그런데 왜 여기에 시치후쿠네가 있는 거야?"

"한가하니께 윤하고 리리를 도와주러 왔지!"

"아, 네. 그러십니까."

[셰이드 결정수 씨앗]을 키울 환경을 만든다 해도 어떻게 만들지 아직 정하지 않았지만, 일손이 많으면 도움이 된다.

그리고 내가 마음을 가라앉히자 리리가 말을 걸었다.

"윤찌, 환경을 만드는데 필요한 건 준비했어?"

"그래, 일단 써먹을 수 있을 거 같은 걸 [아트리엘]에서 가져왔어."

리리가 묻자, 나는 대답하며 바로 아이템을 꺼내기 시작했다.

"식물 배양용 화분하고 [생명의 물], [중급 비료], [식물 영양제] 같은 것도 있구나!"

"그밖에도 습도가 필요하다고 해서 보습용 이끼나 건초 같은 것도 가지고 왔어."

내가 그렇게 말하며 꺼낸 아이템을 확인한 리리는 이번에는 자기 차례라며 의기양양하게 설계도를 꺼냈다.

"오늘 우리가 만들 건 이 암실 재배소야! 구조는 평범한 나무 오두막이니까 시치후쿠네가 연습하기에도 딱 좋지!"

그렇게 말하며 꺼낸 설계도를 보니 자그마한 단층 건물인 것 같았다.

"씨앗을 그대로 식목장에 심는 것보다는 묘목을 키워서 일정하게 심는 게 효율이 더 좋으니까."

"그렇구나."

"그럼 나하고 시치후쿠네가 어느 쪽이 더 빨리 짓는지 경쟁이야!"

"""어?! 그럴 계획이었어?!"""

깜짝 놀란 [OSO 어업조합] 멤버들을 곁눈질하며 재빠르게 짓기 시작한 리리.

리리는 혼자서 로그 하우스 정도는 지을 수 있기에 몇 명이 더 붙어도 속도가 그렇게 빨라지진 않을 것이다.

그러니 리리가 혼자 짓고, 길드 [OSO 어업조합] 사람들이 따로 짓는 것이 센스 레벨을 올리는데 더 효과적일지도 모른다.

"일단 나는 견학해도 되나?"

"그래도 돼~!"

그렇게 말하고 작은 몸집으로 준비한 목재를 차례차례 가공해나가는 리리를 보며 나는 떨어진 위치에 시트를 깔았다.

내가 성수화한 뤼이에게 다가가자, 옆에 자쿠로가 드러누웠다. 그리고 새끼 동물로 돌아온 불사조 네시아스가 머리 위에 살짝 앉았지만 딱히 신경 쓰지 않고 책을 꺼냈다.

"자, 나는 놓친 부분이 없는지 다시 책을 살펴봐야지."

나는 NPC 약재상 할머니에게 산 [중급 약사 기술서]를 펴면서 다시 [셰이드 결정수]에 대한 정보를 찾았다.

"전 암살자 NPC가 암흑가의 기술은 말로 전해지거나 암호화되어 있다고 했지."

저번에는 아이템 이름을 우선적으로 찾았지만, 이번에는 [셰이드 결정수]의 용도와 비슷한 레시피를 조사했다.

소재 이름이 다르게 기재되어 있을 가능성도 있고, 비슷한 아이템을 대신 써서 그 레시피를 완성할 수도 있다.

평원에 포근한 바람이 불어왔고, 건물을 짓는 쇠망치 소리를 들으며 책을 읽다 보니 전 암살자 NPC가 말했던 아이템과 비슷한 레시피를 찾아낼 수 있었다.

"좋았어, 완성했다!"

"""리리 씨, 너무 빠른데요!"""

"오, 완성되었네."

책을 보다 고개를 들어보니 리리가 말했던 대로 단층 오두막이 지어져 있었다.

실내에서 물을 줄 필요가 있어서 바닥은 그냥 땅바닥이지만, 일단 암실 재배에는 써먹을 수 있을 것 같았다.

"윤찌, 배고프니까 뭐라도 만들어줘~."

"그래……."

시치후쿠네 신참 목공사들이 작업을 멈추고 리리보다 더 눈을 반짝거리며 나를 바라보았다.

그 모습을 보고 쓴웃음을 지으며 나는 인벤토리에서 식재료를 찾아보았다.

"그럼 주먹밥이라도 만들까?"

"와~. 그럼 나는 연어 주먹밥으로 해줘. 받은 물고기가 있으니까."

"""──우오오오오오옷!"""

남자들도 많으니 든든하게 먹고 싶겠지, 그렇게 생각하고 메뉴를 말하자 리리가 바로 원하는 속 재료를 말했다.

시치후쿠네도 기쁨의 함성을 지르는 것과 동시에 목조 단층 건물을 짓는 속도가 빨라졌다.

작업 과정이 3분의 1밖에 진행되지 않았지만, 주먹밥을 다 만들기 전에 끝내고 싶다는 마음만은 느낄 수 있었다.

"그럼 만들까."

리리가 근처에 있던 목재로 즉석 테이블을 만들었고, 내가 그 위에 마법 풍로와 식재료 아이템을 늘어놓았다.

쌀은 뤼이의 수속성 마법으로 빠르게 씻었고, 사람이 많았기에 질냄비 두 개로 밥을 지으며 그동안 주먹밥 안에 넣을 속 재료를 준비했다.

"윤찌, 이거. 시치후쿠찌에게 받은 물고기."

"연어 같은 느낌이니까 볶아서 플레이크를 만들까."

길드 [OSO 어업조합] 멤버 중 낚시를 좋아하는 사람들이 이곳에서 호수 낚시나 바다 낚시용 보트를 만들어서 낚시를 하러 갔고, 낚은 성과 중 일부를 리리에게 나누어준 모양이 었다.

나는 그중에서 연어 같은 물고기를 받았다.

"오, 이 녀석 알이 있네. 간장에 절여서 연어 알밥이라도 만들까."

바로 식칼로 [요리] 센스의 보조를 받으며 연어 같은 느낌의 물고기를 손질하자 안에서 나온 알을 움푹 파인 접시에 담아 간장에 절였다.

그리고 물고기 몸통을 손질해서 살을 프라이팬에 담고 소금과 술, 미림을 곁들여 볶았다.

조금씩 수분이 날아가고 물고기 살에 열기가 들어가 후두둑 부서지면 참기름을 조금 넣고 더 볶으면 완성된다.

건물을 짓는 속도가 빨라졌던 시치후쿠 쪽 사람들이 그 연어 플레이크 냄새를 맡자 손을 멈추었다.

나와 리리가 쓴웃음을 지으며 바라보자 정신이 번쩍 들었는지 다시 작업을 시작했다.

"이것 말고도 시유 열매로 만든 매실 조림도 있고……."

내가 그렇게 말하자, 약간 불만 섞인 시선이 느껴졌다.

저 녀석들, 역시 든든한 음식을 먹고 싶은 건가?

그렇다면——.

"빅 보어 뱃살로 만든 고기말이 주먹밥, 코카트리스 튀김 주먹밥, 코카트리스 계란말이, 록 크랩으로 만든 게 양배추 볶음 주먹밥, 주먹밥 볶음."

내가 든든한 계열 주먹밥 이름을 차례차례 말하자——.

"서둘러어어어어어! 주먹밥이 우릴 기다리니께~!"

"""——옛서! 시치후쿠 선장!"""

일심불란한 움직임으로 다시 빠르게 짓기 시작하는 [OSO 어업조합] 사람들.

알아보기 쉽고 다루기도 쉽다, 그렇게 생각하며 기대에 부응할 수 있게끔 주먹밥 양념을 빠르게 준비해갔다.

그리고 양념이 다 준비되었을 때 질냄비로 지은 밥도 다 되었다.

두 손을 물에 적시고 소금과 김, 그리고 마련한 양념을 막 지은 밥에 뭉쳐서 접시에 늘어놓았다.

그리고——.

"완성했다~!"

"고생했어. 주먹밥은 다 됐어. 그리고 차는 이 주전자에 있고."

"""우오오오오옷! 주먹바아아아아압!"""

무시무시한 기세로 여러 가지 주먹밥이 담겨 있는 접시를 향해 달려오는 시치후쿠네 일행.

쟁탈전을 벌일 기세로 주먹밥을 먹는 [OSO 어업조합] 사람들과 조금 떨어진 곳에서 나와 리리는 취향에 맞게 미리 챙겨 두었던 주먹밥을 늘어놓고 먹었다.

●

　나와 리리는 주먹밥으로 배를 채우고 만복도를 회복시켰다.

　그런 한편, 급하게 든든한 계열 주먹밥을 먹어서 땅바닥에 대자로 누워 괴로워하고 있는 시치후쿠네 일행.

　"이런. 한꺼번에 너무 많이 먹었는디……"

　"너무 급하게 먹어서 그렇지. 정말…… 자업자득이야."

　나는 쓰러져 있던 시키후쿠네 일행을 흘겨보며 어이없다는 듯이 중얼거렸다.

　식후에 마시는 차를 느긋하게 즐긴 다음 후반 작업으로 넘어갔다.

　"자, 숨도 돌렸으니까 [세이드 결정수 씨앗]을 암실에서 재배해보자."

　"응, 그래야지!"

　기지개를 켜면서 일어나 진짜 목적인 암실 재배 준비를 시작했다.

　원본인 씨앗 하나를 남겨두고 메이킹 박스로 복제한 씨앗 네 개를 암실 재배에 사용한다.

　"그럼 바로 흙하고 [중급 비료]를 섞어볼까."

　"나는 이쪽 화분에 흙을 넣을게."

　"그럼 나는 이쪽을 맡을게."

　네 개 가져온 큼직한 화분에 평원의 흙과 [중급 비료]를 삽으로 퍼서 화분의 8할 정도를 채웠다.

"이제 [셰이드 결정수 씨앗]을 묻고……."

묘목 정도 크기로 자라면 그 뒤로는 암실이 아닌 햇빛 아래에서도 자란다.

그때까지 무사히 자라라고 빌면서 씨앗을 하나씩 정성껏 묻었다.

"윤찌, [생명의 물]을 물뿌리개에 옮겨둘게."

"잠깐만. 그 전에 물뿌리개에 들어 있는 물에 [식물 영양제]를 한 큰술 넣어줘. 희석시키면 딱 좋지만 너무 진하게 넣으면 독이 되니까 조심하고!"

"알았어. 윤찌."

나는 각 화분에 [셰이드 결정수 씨앗]을 하나씩 묻고 그 위에 화분의 흙이 마르지 않게끔 보습 효과를 주는 이끼를 채워나갔다.

"잘 자라라~, 많이 커져라~."

"그 노래는 뭐야."

리리는 바로 물뿌리개로 [식물 영양제]를 희석시킨 물을 주면서 엉뚱한 노래를 불렀다.

그 모습을 보고 나는 쿡쿡 웃었고, 조금 떨어진 곳에서 상황을 지켜보고 있던 자쿠로와 네시아스는 몸을 흔들며 리듬을 타고 있었다.

그렇게 물을 듬뿍 준 화분을 들고 리리가 지은 암실 재배용 오두막에 넣어두러 갔다.

이제 조금씩 물을 주면서 건조해지는 것을 방지하고 묘목까지 키우면 식목장에 옮겨 심을 예정이다.

그 뒤로 [셰이드 결정수]가 커지면 소재를 채취할 수 있게 될 것이다.

"윤찌, 시치후쿠네도 오늘 도와줘서 고마워~."

"맛있는 윤의 주먹밥을 먹을 수 있었으니께 상관없어야~."

재배 준비를 마치고 리리가 고맙다고 하자 쓰러진 채 손을 젓는 시치후쿠네 일행.

그런 한편 나는 시치후쿠네가 지은 오두막을 보았다.

[목공] 센스 레벨이 낮아서 리리가 만든 것처럼 제대로 만들지 못했고, 군데군데 판자가 벌어져 빛이 스며들어서 암실 오두막으로 쓸 수는 없었다.

"리리. 시치후쿠네가 만든 오두막은 어떻게 할 거야?"

"음~. 일단 써먹을 곳이 없으면 해체할까?"

"해체할 거면 내가 오늘 가져온 화분이나 [중급 비료]를 보관하는 창고로 써도 돼?"

"그래. 그러는 게 더 나을 것 같네!"

나는 리리의 허락을 받고 암실 재배에 사용한 도구를 시치후쿠네가 지은 오두막으로 옮겨서 정리했다.

그런 다음 나는 느긋하게 [중급 약사 기술서]를 마저 읽었고, 리리는 흥미진진해하며 내가 가져온 [식물 영양제]를 희석시킨 물을 식목장의 나무에게 주러 갔다.

지면에 쓰러져 있던 시치후쿠네도 배가 꺼졌는지 일어나

서 각자 목재를 꺼내 낚시대를 만들기 시작하자 매우 독특한 공간이 생겨났다.

그런 와중에 식목장의 나무에 물을 주고 있던 리리가 허둥대며 돌아왔다.

"윤찌. 방금 클로찌에게 연락이 왔는데, 여기에 사람을 데리고 올 모양이야."

"호오, 별일이네."

"내가 잠깐 마중 나갔다 올게!"

그렇게 말한 다음 잔달음질하며 뛰어간 리리와 어깨에서 날아올라 천천히 앞서서 날아가는 네시아스를 바라보았다.

나는 책을 살며시 덮고 일어서서 차를 준비할 수 있게 물을 끓이기 시작했다.

그리고 리리가 데려온 플레이어들을 보고 뜻밖이라 생각했다.

"세이 누나하고 미카즈치, 클로드. 그리고…… 뮤우?"

그 신기한 조합에 놀라고 있자니 세이 누나의 등 뒤에 숨어 있던 뮤우가 나를 보고 손을 살짝 흔들었다.

생각했던 것보다 많이 왔네, 그렇게 생각하며 컵을 추가로 준비하면서 이야기에 귀를 기울였다.

"그래서, 클로찌하고 미카즈치찌네는 무슨 일로 여기에 왔어?"

평원에 덩그러니 세워져 있는 오두막 두 채를 흥미롭게 바라보고 있던 미카즈치와 클로드에게 리리가 솔직하게 물

<hr>

었다.

"아니, 봄방학이라 한가해서 말이지. 이왕 한가한 거 GVG(길드 버서스 길드)라도 해보자고 초대하러 왔지."

"풀 레이드 30명 그룹들끼리 전투훈련을 벌일 예정이야. 그래서 친한 플레이어들에게 물어보고 다니고 있지. 윤은 어때?"

그렇게 말하며 곤란한 듯이 미소를 짓고 있는 세이 누나.

그 뒤에 서 있던 뮤우는 기대하는 마음이 담긴 눈을 반짝이며 나를 바라보고 있었다.

"아니, 나는 그런 거에 별로 흥미가 없고, 애초에 우리는 생산직이잖아."

"나도 생산직이니까 이하동문~."

"우리도 그냥 어부니께 PVP나 GVG에는 흥미가 없는디."

나와 리리, 시치후쿠가 참가하지 않겠다는 의사표시를 했지만, 미카즈치는 곤란하다는 듯이 머리를 긁으며 설득하기 시작했다.

"솔직히 말하자면 머릿수가 부족한 상황이거든. 뭐, 준비 쪽이나 플레이어들의 로그인 타이밍 관리 같은 것들 때문에 이대로 가다가는 계획이 무너질 것 같아서."

"뭐, 큰 길드의 단점이지. 항상 재미있을 것 같은 걸 계속 제안해야 하니."

그렇게 말하며 길마인 미카즈치와 부길마인 세이 누나가 신기하게도 한숨을 쉬었다.

"다음 길드 원정 목적지도 아직 못 찾았고, PVP나 파티 전투 훈련도 슬슬 한계가 와서 더 큰 규모로 GVG를 계획하고 있는데, 안 되나?"

대규모 이벤트를 대비한 제안도 실패할 것 같은데, 그렇게 중얼거리는 미카즈치.

나와 리리, 시치후쿠는 참가할 생각이 없었지만, 미카즈치와 세이 누나를 보니 마음이 조금 흔들려서 무심코 말이 헛나왔다.

"뭐, 조금만 도와줄까?"

"윤찌가 그렇게 말하니 나도 잠깐만 참가할까……."

"뭐, 우리 길드에 참가자가 있는지 물어나 보제. 큰 길드라는 것도 보고 싶으니께."

그렇게 말하며 한없이 소극적인 참가표명을 하자──.

"정말 다행이야! 길드 상위 전투 플레이어들은 의욕이 있는데 그 아래쪽은 레벨 차이가 좀 나서 이기지 못한다고 참가하려 하지 않았거든."

"규칙이나 전력 균형은 잡히긴 하는 거야?"

"일단 [팔백만] 참가 파티가 다섯 개, 그걸 3대 2로 나누고 외부 참가 플레이어 30명을 잘 나눌 생각이야."

그러면 [팔백만]의 정예 하나만큼 다른 파티가 불리해지지 않나?

하지만 규칙 같은 걸로 균형을 잡을 가능성도 있으니 조용히 이야기를 듣기로 했다.

그리고 세이 누나가 미카즈치 대신 설명했다.

"규칙 쪽은 일반적인 HP 방식이 아니라 각 플레이어에게 30점씩 주는 방식으로 할 거야."

대미지는 유효타에 1점 감점. 약점 부위나 크리티컬, 큰 대미지 판정에는 3점을 감점시킨다.

회복 아이템은 GVG용 포션을 각 플레이어에게 두 개까지 지급하고 회복량은 일괄적으로 5점.

각 그룹에는 세 명까지 [위생병] 역할을 맡은 플레이어를 정하게 하고 그 플레이어 말고는 회복마법을 사용하지 못하며 회복마법의 효과는 한 번에 10점. 또한 회복마법의 효과는 각 플레이어당 한 번만 받을 수 있다.

그밖에도 미카즈치는 플레이어의 격차를 공평하게 만들기 위해 여러 가지 규칙을 생각하고 있는 모양이었다.

"간단히 말하자면 서바이벌 게임에 가까운 GVG의 잠정 규칙이지."

"내구도가 뛰어난 플레이어가 너무 유리해지거나 막싸움을 벌이지 않게끔 신경 썼어. 그리고 이제 우리 마법사의 MP를 어떻게 조정할지 시험해볼 예정이야."

하지만 역시 전력 차이를 생각하니 불안해진 우리에게 지금까지 세이 누나의 뒤에 서 있던 뮤우가 소리쳤다.

"나도 참가할 거니까 윤 언니도 열심히 하자!"

"역시 뮤우도 참가하는 거야? 그래도 우리는 생산직인데."

우리 같은 졸병이 GVG 같은 무대에서 싸우면 제일 먼저 당하는 이미지만 떠오른다.

그건 목공사인 리리와 수중전의 전문가인 시치후쿠도 마찬가지인 모양이었다.

그런 불안함을 품고 있던 우리를 보고 지금까지 조용히 있던 클로드가 미카즈치와 세이 누나에게 어떤 제안을 했다.

"제안할 게 한 가지 있는데."

"뭔데? 클로."

"모처럼 생산직이 있으니 말이야. 사전에 필드 안에 진지를 만들 수 있게끔 허가해줄 수 있나?"

"진지를 만든단 말이지. 하긴, 그냥 나가는 것보다 전략성이 생기니까 재미있겠어. 좋아! 하지만 각 진영의 진지에서 반경 100미터 이내 범위로 한정시킬 건데, 괜찮겠지?"

"그 정도면 충분하다."

클로드가 생산직까지 함께 벌이는 GVG에서 유리하게 싸우기 위해 새로운 규칙을 추가하자, 미카즈치도 생각이 있는 모양이었다.

"아니, 전투직 플레이어 서른 명으로 이루어진 각 팀이 정면으로 맞붙기만 하면 재미가 없으니까. 오히려 전투직 말고 다른 플레이어들이 활약할 수 있는 지침을 클로가 만들어줬으면 하는데."

"그 점에 대해서는 기대에 부응할 거다. 윤과 리리가!"

"이쪽에 다 떠넘기냐!"

"그래~, 나도 온 힘을 다해 도울게!"

나는 반사적으로 태클을 걸었고, 리리가 씩씩하게 대답했다. 그리고 미카즈치와 클로드가 하는 이야기를 듣자 딱히 내키지 않았던 GVG에 대한 생각이 바뀌었다.

생산직이 활약할 수 있고 즐길 수 있는 상황을 늘려서 나뿐만이 아니라 생산직 전체의 새로운 가능성을 제시하자, 그렇게 생각하며 몰래 의욕을 냈다.

사흘 뒤――.

"GVG의 자세한 내용이 담긴 메일이구나."

[아트리엘]의 상품을 보충하기 위해 포션을 만들고 있자니 미카즈치에게서 프렌드 통신을 통해 메일이 왔다.

휴식할 겸 작업을 멈추고 메일 내용을 훑어보았다.

그룹을 나눈 결과, 하나는 길드 [팔백만]의 정예 세 파티를 맡은 미카즈치, 세이 누나의 그룹.

그리고 다른 한 그룹은 전력적으로 약간 불안함이 있는 나, 뮤우, 리리, 클로드, 시치후쿠, 다섯 명이 포함되어 있는 그룹이다.

GVG의 개최 장소는 운영 쪽에 신청해서 마련한 숲 타입 GVG 전용 필드이고, 개최 시간은 일주일 뒤, 밤 9시부터다.

보다 자세한 메일 내용말고도 승리조건 같은 것이 적혀 있었다.

"휴우, 승리조건은 상대 그룹의 전멸. 또는 상대 거점을 10분 이상 점거. 또는 제한시간이 지났을 때 남아 있는 종합 점수구나."

한 시간 동안 벌이는 GVG에서 거점을 제압하고 방어하는 것과 동시에 승리조건을 만족시킬 필요가 있다.

"우리에게 승산이 있나?"

전력적으로 약간 불안함이 남아 있는 그룹에 배치된 나는 만약 이기지 못하더라도 생산직으로서 지침을 보여줄 수 있는 승부를 벌일 방법을 생각하고 있었다.

그런데 그러던 와중에 새로운 메일이 왔다.

"음……『미카즈치와 [팔백만] 타도를 목표로 하는 작전회의 안내』. 보낸 사람은—— 클로드구나."

미카즈치에게 메일을 받은 직후 클로드가 보낸 메일 알림을 본 나는 같은 그룹에 배치된 뮤우와 연락을 주고받았다.

"윤 언니, 준비는 다 했어?"

"그래, 그럼 갈까?"

클로드가 지정한 장소는 길드 [팔백만]이 마련한 GVG 전용 필드 안에 있는 우리 진지다.

작전회의는 밤 9시부터 시작된다. 나와 뮤우는 조금 일찍 [아트리엘]의 미니 포탈을 통해 전이했다.

"우리 그룹은 벌써 대부분 모였다."

클로드의 호출에 응한 플레이어는 이미 나와 뮤우까지 포함해서 20명이 모여 있었고, 그룹 몇 개로 나뉘어 이야기를 나누고 있었다.

나는 뮤우와 함께 방해되지 않는 곳에서 시간이 되기를

기다렸다.

예정된 시간 전에 모두 다 모이지는 않았지만 참가자 24명이 모였고, 클로드가 플레이어들 앞으로 걸어 나왔다.

"그럼 길드 [팔백만]의 정예 그룹을 타도하기 위한 작전회의를 시작하려 한다. 일주일 동안 얼마나 준비할 수 있는지가 중요하겠지."

그렇게 말하며 개시 선언을 하는 클로드.

"잠깐만."

그런 클로드를 불러세운 플레이어가 한 명 있었다.

그는 길드 [팔백만]에 소속되어 있는 정예 멤버 중 한 명이었다.

그룹을 나누는 과정에서 이쪽으로 배치된 몇 안 되는 [팔백만] 멤버를 대표하는 그는 한 발짝 앞으로 나서며 클로드에게 물었다.

"정말 미카즈치 씨네 그룹을 쓰러뜨릴 생각이야? 어떻게 쓰러뜨릴 건데?"

그 질문은 이 그룹 모두의 의문을 대변하고 있었다.

그리고 가장 강한 전력일 것 같은 [팔백만] 멤버 12명은 우리가 미덥지 못하다고 느낄지도 모른다.

그렇게 미심쩍어하는 분위기가 퍼지는 와중에 클로드가 담담하게 대답했다.

"정면으로 맞서 싸워서 쓰러뜨리긴 힘들지. 하지만 이 멤버라면 불가능하지는 않을 것 같다."

"구체적으로는?"

"일주일 동안 생산직 플레이어의 힘을 빌려 거점의 방어 성능을 키워서 승리조건인 거점을 10분 이상 점거하는 것을 힘들게 만든다. 그밖에도 사전 준비를 허락받은 진지 반경 100미터 이내 범위에 다수의 함정과 아이템 등을 마련해서 시작되는 것과 동시에 숲 필드로 간다. 마법과 아이템을 병용해서 즉석 거점을 숲 곳곳에 지으며 우위를 점하고 상대 방에게 압박을 가해 약해지면 거점 제압을 통해 완전 승리를 거두는 것이 계획 중 하나다."

마침 목공사와 제자들이 있으니까, 그렇게 말하며 리리에게 눈짓을 하자 리리는 고개를 끄덕이며 가슴을 폈다.

"그건 공격이 순조롭게 진행되었을 경우지. 미카즈치 씨네 그룹도 마찬가지로 움직일 테고 반격도 할 테니 그렇게 잘 풀리진 않을 텐데."

나도 들으면서 견적을 어설프게 낸 계획이라고 생각했다.

하지만 말로는 부정하는 한편, [팔백만]을 대표하는 플레이어는 미소를 지었다.

"──하지만 의욕은 있는 것 같고, 재미있는데! 우리는 미카즈치 씨네 그룹에게 이기기 위해서라면 뭐든지 돕겠어!"

"물론이지. 그러기 위해 다들 모이라고 했고, 여러 아이디어를 내서 이기기 위한 방법을 생각해줬으면 하는 거다!"

그렇게 말한 클로드를 중심으로 차례차례 공격 작전, 방어 작전, 규칙을 어기지 않는 아이템을 사용하는 방안이나 전술, 역할 등을 상정해서 토론이 활발하게 이루어지기 시작했다.

아무리 바보같고 사소한 아이디어라 해도 모두가 그것을 즐기며 부정하지 않고 들었다.

"저요! 저요~! 상대방의 회복 아이템을 독약으로 바꿔치기하는 건 어떨까?"

"재미있는 아이디어로군! 그밖에도 써먹을 수 있을 것 같은데. 좋아! 독약을 준비하자!"

내 옆에 있던 뮤우가 신이 나서 아이디어를 내자 그 내용이 종이에 적혔다.

"자, 윤 언니도 뭔가 아이디어를 내봐."

"그, 그렇지."

나서서 말하는 건 잘 못하지만, 옆에 있던 뮤우가 부추겨서 손을 들었다.

"클로드……."

"윤도 아이디어가 있나."

내가 말하려 하자, 다른 플레이어들이 입을 다물었고 내게 시선이 쏠렸다.

"윤 언니, 힘내."

쏠린 시선을 보고 긴장하며 옆에서 작은 목소리로 응원해주는 뮤우에게 등을 떠밀려 어떤 아이디어를 냈다.

"모두에게 방어용 아이템을 들려주는 건 어때? 이번 규칙에 따르면 대미지를 경감시키는 아이템은 효과가 별로 없을 것 같으니까 무효 계열 아이템 같은 거."

"윤이 그걸 마련할 수 있나?"

"아, 응. [액막이 결계 조각]이라는 아이템. 소재가 있으면 만들 수 있어. 뭐, 약한 마법 공격만 무효화시킬 수 있지만."

"좋아! 채용! 양쪽 다 회복 아이템이 제한되어 있으니까! 마법도 대미지를 효율적으로 주기 위해서 위력보다는 공격 횟수를 중시해서 사용하겠지. 그걸 방어하기 위한 방법 중 하나다."

클로드의 말을 듣고 나는 안도의 한숨을 쉬었다.

그 뒤로도 실현할 수 있는지 없는지를 떠나 여러 가지 아이디어가 나왔고, 비슷한 아이디어를 합치고 정리하는 것을 반복했다.

"우선 지금은 이 아이디어들을 주축으로 삼은 작전을 생각하지. 그리고 이 작전회의에 참가하지 못한 여섯 명하고도 연락을 주고받을 예정이고, 새로운 아이디어가 있으면 수시로 받는다!"

"우리는 바로 거점의 방벽을 준비할게!"

"필요한 소재가 있으면 우리 전투직이 레벨을 올릴 겸 모아 올 거야!"

클로드, 리리, 뮤우가 앞장서서 움직이기 시작했다.

그 움직임에 맞춰 돕기 위해 움직이거나 바로 레벨을 올리러 가는 플레이어.

작전회의를 마치고 나중 일정에 대해 의논한 다음 로그아웃하는 플레이어.

　이번에 자리를 비웠던 플레이어들과 연락을 주고받으며 합계 30명의 그룹이 GVG의 승리를 향해 움직이기 시작했다.

　"클로드. 나는 [아트리엘]로 돌아가서 소모품을 마련해 올게."

　"그래, 부탁하지."

　나는 소모품을 준비하기 위해 GVG의 필드 거점에 있는 포탈을 통해 [아트리엘]의 공방으로 전이해서 작전회의 때 언급된 아이템을 준비하기 시작했다.

2장   PK 길드와 대인전 요령

GVG 규칙에는 지급되는 포션을 제외한 HP, MP 회복 아이템을 사용하는 것이 금지되어 있기에 MP 회복 수단이 대폭 제한된다.

그런 규칙에 따라 나는 같은 그룹 플레이어들이 가져다주는 소재로 각종 상태이상약, 상태이상 회복약, 방어 아이템인 [액막이 결계 조각]을 마련했다.

"그밖에 내가 할 수 있는 게 뭐가 있을까."

"뀨우~."

"아, 자쿠로. 그렇게 걱정스러운 표정 짓지 마."

나는 자쿠로에게 그렇게 말을 걸고 내가 쓸 화살을 보충하거나 상태이상약을 합성한 화살, [봄]과 [클레이 실드] 매직 젬 등의 소모 아이템을 별도로 준비하면서 생각하고 있었다.

이번 점수제 GVG 규칙에 따르면 사역 MOB이나 합성 MOB 등의 추가 전력도 금지되어 있다.

합성 MOB이라도 많은 숫자를 모아 약한 일격을 가하기만 해도 상대방의 점수를 줄일 수 있어서 유리하게 싸움을 진행할 가능성이 있다.

하지만 사역 MOB 등의 추가 전력이 금지된 이번 규칙에 따르면 플레이어 개인의 능력이 중요하다.

그 때문에 같은 그룹의 전투 플레이어들은 소모 아이템을 전투 방식에 포함하는 한편 어느 정도의 공격이 유효타로 처리되는지 GVG 규칙에 따라 검증하고 있다.

"나는 대인전을 잘 못하는데. 어떻게 하면 될까."

GVG까지 5일 남은 와중에 생산 말고 공헌할 수 있는 방법이 떠오르지 않아 답답해하고 있었다.

그런 내 메뉴에 리리의 프렌드 통신이 들어왔다.

『윤찌! [셰이드 결정수]가 자랐는데 채취할 수 있는 소재를 확인하러 올래? 클로찌도 같이 있어!』

"알았어. 금방 갈게."

나는 기분전환도 할 겸 리리의 초대를 받아들이고 뤼이, 자쿠로와 함께 리리가 소유한 [개인 필드] 평원으로 왔다.

"이봐~! 이쪽이야~!"

리리가 손을 흔들며 부르는 방향을 보니 뒤에 있던 암실 재배용 오두막 옆에 까만 나무가 네 개 있었다.

"리리. 불러줘서 고마워. 이 나무가…….."

"[셰이드 결정수]야! 저번에 심었던 게 순조롭게 자라서 평원으로 옮겨 심었어!"

리리의 말을 듣고 까만 섬유질 껍질로 둘러싸여 있는 나무를 올려다보니 위쪽에 섬유질 덩어리 같은 씨앗이 보였다.

"씨앗이 몇 개 나무에서 떨어져서 암실에서 키우고 있어."

"그렇구나. 그럼 소재를 안정적으로 공급할 수 있겠네."

이름이 [셰이드 결정수]인데 전혀 결정이라는 요소를 찾

아볼 수 없는 섬유질 껍질로 둘러싸인 까만 나무를 올려다
보았다.

그 나무 주변에서는 빛을 빨아들이고 있어서 그런지 햇빛
이 조금 약해져서 시원한 느낌이 들었다.

여름에는 이 나무에 기대서 낮잠을 자면 편하겠네, 그런
상상이 들었다.

"일단 생산에 써먹을 수 있는 소재를 채집해볼까."

"윤찌. 알겠어?"

"써먹을 수 있는 건 나뭇잎, 수액, 나무껍질이었지."

전 암살자 NPC에게 들었던 정보를 떠올리며 [중급 약사
기술서]에 적혀 있던 나무에서 얻을 수 있는 소재 채집 방식
을 리리에게 알려주었다.

"나는 나뭇잎하고 수액을 모을 테니까, 리리는 나무껍질
을 부탁해."

"응! 내게 맡겨!"

리리에게는 날붙이로 세로로 늘어서 있는 섬유질 껍질을
중간에 가로로 자르고 그 틈새를 이용해 단숨에 잡아당겨
섬유질 껍질을 떼어내 달라고 했다.

너무 많이 벗겨내면 나무가 홀쭉해지기에 적당히 벗겨야
한다.

"그럼 나는 나뭇잎하고 수액을 채집해야지."

허리에 자그마한 바구니를 달고 [등산] 센스로 전환하여
나무를 올라갔다.

두꺼운 가지까지 올라간 나는 색이 진한 나뭇잎을 손으로 뜯어서 허리에 달고 있던 바구니 안에 넣기 시작했다.

[셰이드 결정수] 나뭇잎은 졸이면 염료로 쓸 수 있기에 가공해서 클로드에게 줄 생각이다.

그리고 수액을 모으는 방법은──.

"리리, 위험하니까 좀 떨어져 있어!"

"알았어!"

나는 포션 병 주둥이보다 가는 나뭇가지를 발견하고 끄트머리를 식칼로 잘라냈다.

그리고 잘라낸 가지의 단면을 아래쪽으로 향하게 만든 뒤 포션 병 안에 찔러넣고 바늘로 고정시켰다.

그러자 잘라낸 단면에서 검보라색 수액이 천천히 흘러나와 조금씩 포션 병에 담기기 시작했다.

"후와아, 대단하네. 윤찌!"

"아직 멀었어! 한 곳에서 채집할 수 있는 양은 그렇게 많지 않으니까 여러 군데에서 마찬가지로 수액을 채집해야 해!"

나는 그렇게 말하고 나서 염료용 나뭇잎을 뜯으며 적당한 가지를 잘라내 포션 병에 찔러 넣어 수액을 채집했다.

리리도 껍질 섬유를 꽤 모았는지 자그마한 산이 생겨나 있었다.

나도 색이 진한 나뭇잎을 뜯어내고 포션 병에 가지를 찔러넣고 매다는 작업을 하고 있었기에 [셰이드 결정수]가 기묘한 느낌으로 변했다.

"휴우, 피곤하다. 윤찌, 고생했어."

"리리, 고생했어. 수액이 다 모이려면 시간이 좀 걸릴 테니까 먼저 나뭇잎으로 염료를 만들 건데, 리리는 어떻게 할 거야?"

나는 따온 [셰이드 결정수] 나뭇잎을 뤼이에게 만들어달라고 한 물 덩어리로 씻으며 리리에게 물었다.

"음~. 나는 이걸 가공하기 힘드니까 일단 클로찌에게 맡겨야 할 것 같아."

섬유질 껍질은 가는 섬유가 펠트 원단처럼 굳은 채 한 장의 껍질을 이루고 있다.

밧줄로 가공하려면 일단 이 섬유를 풀어서 분해해야 하는 것 같다.

"그럼 클로드에게 맡기러 갈 거야?"

"프렌드 통신으로 연락해볼게."

그렇게 말하며 바로 연락하기 시작한 리리.

나는 마법 풍로를 꺼내 물로 씻은 [셰이드 결정수]의 나뭇잎을 큰 솥으로 졸이기 시작했다.

"앗, 의외로 냄새가 좋네. 좀 달콤한 느낌인가?"

김과 함께 달콤한 향기가 피어오르는 큰 솥 주위에 뤼이와 자쿠로, 네시아스가 모여들어 흥미진진해하며 내 주위를 빙글빙글 돌고 있었다.

"나뭇잎 색이 빠지기 시작한 모양이네. 이걸 얼마나 졸여야 하나."

짙은 녹색 나뭇잎을 계속 졸이자 색소가 빠져 옅은 녹색으로 변하기 시작했다.

"좀 확인해볼까."

메모지를 작게 잘라 그중 한 장을 색소가 빠져나오기 시작한 물에 담가보자 종이가 까맣게 보이는 물을 머금고 검은색에 가까운 진한 녹색으로 물들었다.

"수분을 조금 더 줄이면 염료로 쓸 수 있으려나? 뭐, 너무 진해지면 물을 넣어서 농도를 조절하면 되겠지. 딱히 독성이 있는 것도 아닌 모양이니까."

그물 모양 거름망으로 색소가 빠진 채 물속에 떠다니던 나뭇잎을 떠내면서 타지 않게끔 약한 불로 계속 졸였다.

그 물을 조금 핥아보니 떫은 향기 속에 약간 단맛이 느껴졌다.

"윤찌, 클로찌가 여기로 온대. 그리고 GVG 이야기를 하고 싶다고 차하고 과자를 가져올 모양이야."

"알았어. 나도 준비할 수고를 덜어서 좋지."

클로드가 배려해준 것을 기뻐하며 타지 않게끔 물을 계속 졸이다 보니 액체의 이름이 바뀌었다.

셰이드 진한 녹색 염료 [소모품]
[셰이드 결정수]의 나뭇잎에서 추출한 진한 녹색 염료.
이 염료로 물들인 의류는 자연스럽게 어두운 밤 같은 색을
띠기에 사냥꾼들이 미채 염료로 자주 사용한다.

나는 좀 전보다 약간 색이 진해진 염료가 들어 있는 큰 솥을 불에서 내려놓고 자연스럽게 식기를 기다렸다.

그리고 시간이 조금 지나자 클로드가 파트너인 행운 고양이 쿠츠시타를 데리고 왔다.

"클로찌, 어서 와. 여기 나무껍질이 있으니까 가공 부탁해."

"그럼 맡아두지."

리리가 클로드를 맞이하며 바로 산더미처럼 쌓인 [셰이드 결정수] 껍질을 건넸다.

"클로드, 그렇게 많은 양은 한 번에 다 가공하지 못하잖아?"

"그렇지. 성질을 조사할 필요도 있고. GVG가 시작되기 전에 가공까지 하는 건 힘들겠는데."

그렇게 말하고 나서 [셰이드 결정수] 껍질을 차례차례 인벤토리 안에 넣기 시작한 클로드.

그리고 그는 불에서 내려놓은 큰 솥을 발견했다.

"거기 있는 큰 솥에 담겨 있는 액체는 [셰이드 결정수] 염료인가? 나눠줄 건가?"

"식혀서 용기에 담고 난 뒤에."

그렇게 말한 뒤 큰 솥이 식고 자른 가지 끝에서 스며 나오는 수액이 모이기를 기다리면서 클로드와 함께 숨을 돌리며 차를 마셨다.

"클로찌, GVG 규칙 검증은 끝났어?"

휴식할 때는 당연히 바쁘게 준비하고 있는 GVG 이야기를 나누었다.

"그쪽은 끝났다. 점수제 규칙이니 ATK 스테이터스의 중요도가 상대적으로 내려갔다."

"그렇구나. ATK 스테이터스를 대폭 줄인 장비로 바꾸는 게 나을까?"

"꼭 그렇다고 할 순 없지."

살짝 한숨을 쉬고 차를 마시는 클로드가 이야기하기를 기다렸다.

"ATK가 높으면 넉백 효과의 위력이 강해지지. 그리고 일정 수치 이상의 ATK로 가한 공격의 경우 큰 대미지 판정을 받아 3점을 따낼 수 있다."

"호오, 그렇구나."

"그밖에도 DEF가 높으면 어설픈 공격으로 유효타 판정을 발생시킬 수 없지. 그밖에도 급소를 노리려면 DEX, 크리티컬에는 LUK 스테이터스가 필요하고, 방어 쪽을 흘리거나 회피에는 SPEED나 DEX를 올리는 게 효과적이라는 걸 알게 되었다."

그런 대미지 판정 같은 검증 내용을 듣고 나는 고개를 끄덕였다.

우선 검증 결과에 대해 납득한 내게 클로드가 어떤 부탁을 했다.

"그래서 검증 결과를 감안해서 윤이 아이템을 추가로 제작해줬으면 하는데."

"상관없어, 그런데 무슨 아이템이야?"

"강화 환약(부스트 태블릿)이다. 종류는 SPEED가 상승하는 쪽으로 효과시간을 길게 조정해줄 수 있나? GVG 중에 사용하는 횟수를 줄이기 위해서."

클로드가 주문하는 것을 들으며 나는 써먹을 수 있는 소재에 대해 생각했다.

SPEED 스테이터스를 상승시켜주는 강화 환약 중에서 효과가 큰 것은 독을 빼낸 와이번 고기를 사용한 아이템이다.

"와이번 고기를 쓰면 GVG용으로 조정할 수 있는데, 30분짜리하고 60분짜리 중에서 어떤 게 더 낫지?"

"효과량을 고려해서 30분 쪽으로 부탁하지. 그리고 효과가 남아 있는 상태에서 다시 사용하면 어떻게 되나?"

"효과가 남아 있으면 덮어쓰게 되지. 예비까지 포함해서 한 명당 네 개씩, 120개 만들면 되려나."

"그렇게 부탁하마."

필요한 소재는 나중에 GVG 멤버들의 레벨을 올릴 겸 와이번 사냥을 보낼 거라고 말하는 클로드.

나는 클로드에게 아이템 추가 주문을 받았다.

머릿속으로 필요한 소재 숫자를 계산하고 생산할 순서를 떠올리는 한편, 문득 든 의문을 클로드에게 말했다.

"인챈트 스톤은 어떻게 할 거야? 강화 환약하고 효과가 중첩되고 가성비도 좋으니까 간단히 준비할 수 있는데."

"인챈트는 스킬을 사용할 때 빛이 나니까 GVG 때는 오히려 눈에 띄게 된다."

그렇구나, 그렇게 말하며 이유를 들었다. 그렇다면 내가 GVG때 사용할 스킬을 다시 생각해봐야 할지도 모르겠다.

우연히 전투를 벌이게 되는 경우가 많은 상황에서 인챈트 스킬의 빛을 들키게 되면 문제가 생긴다.

"그럼 써먹을 수 있는 건 공격 계열 스킬하고 약체화시키는 [커스드] 계열 스킬뿐인가?"

"[커스드]의 빛은 어두운 색이지만 추적 마커 역할도 할 수 있으니 효과적이겠지."

그렇게 이야기를 하던 동안 식은 [셰이드 진한 녹색 염료]를 뒷병에 옮겨 담았다.

뒷병 두 개에 담은 염료 중 하나는 클로드에게 주었고, 다른 하나는 내가 쓰기 위해 확보해두었다.

"흐음. 우선 염료는 나무껍질 섬유보다 결과가 빨리 나올 거다."

"뭐, 기대는 별로 안 할 거야."

나는 그렇게 말하고 수액 수집 상황을 확인하기 위해 나무를 타려 했는데——.

"윤찌. 그렇게 계속 나무를 타면 위험해! 내가 사다리를 만들어 줄 테니까 조금만 기다려!"

"아, 그렇구나. 그러면 되겠네."

리리가 생각하지도 못한 지적을 하자 나는 뒤통수를 긁으면서 리리가 사다리를 다 만들 때까지 기다렸다.

그리고 완성된 사다리를 타고 가지를 잘라 꽂아두었던 포션 병을 확인해보니 병 바닥에 3분의 1 정도 수액이 고여있는 것이 보였다.

떨어뜨리지 않게끔 신중하게 고정용 바늘을 빼내보니 자른 가지의 단면에 스며 나온 수액이 굳어서 까만 결정처럼 변해 있었다.

크기는 작은 보석만했고, 손가락으로 살짝 건드려보니 쉽사리 떨어졌다.

"윤찌. 잘 회수했어?"

"그래, 일단 하나는 회수했어!"

나는 포션 병에 모인 [셰이드 수액]과 [셰이드 결정수지]를 손에 넣었다.

단면에서 흘러나온 수액이 굳어 보석 같은 결정 모양 수지가 생겨나기 때문에 이름이 결정수인 건가? 그렇게 생각하며 다른 포션 병의 수집 상황을 확인했다.

그리고 전부 다 회수한 뒤 포션 병을 한데 모아보니 [셰이드 수액]이 포션 병 14개, [셰이드 결정수지]가 40개 모였다.

그중 절반을 나와 리리가 반씩 나누었다.

"자, 그럼 나는 이만 가보마. GVG 멤버들과 의논하거나 연락할 게 있으니까."

"클로찌, 와줘서 고마워! 나도 시치후쿠찌네하고 같이 준비할게!"

"나도 GVG용으로 부탁받은 아이템을 만들게."

그렇게 [셰이드 결정수] 소재를 가져온 나는 다시 [아트리옐] 공방에 틀어박혔다.

●

클로드, 리리와 헤어져서 [아트리옐]로 돌아온 뒤 사람들이 가져다준 와이번 고기를 사용해 강화 환약을 만들었다.

와이번 고기에 있는 독샘을 떼어낸 뒤 얇게 썰어서 [조합] 스킬로 건조하여 말린 고기 상태로 만든다.

그것을 잘게 부숴서 약석을 섞은 다음 [생명의 물]을 조금씩 넣으며 뭉친다.

그리고 마지막으로 형태를 만들면 완성이다.

강화 환약 (비롱) [소모품]
SPEED+12 / 10분
와이번의 소재를 사용한 환약

이것이 기본 수치에 가까운 효과이고, 지금부터 약석 대신 [용해웅의 간]을 사용하거나 효과 시간을 연장시키기 위해 [암수 만드라고라]나 [활력수 열매], [카르코코 열매] 등의 추가 소재를 조금 넣어 효과 시간을 연장시키는 시도를 할 예정이다.

그리고 수컷 만드라고라와 활력수 열매를 짜낸 즙을 조금 넣어 섞은 것이 효과 시간을 가장 오래 연장시킬 수 있었다.

강화 환약 (비롱) [소모품]

SPEED+8 / 30분

와이번의 소재를 사용한 환약

이런 느낌으로 클로드가 주문했던 강화 환약을 만들 수 있었다.

그리고 [중급 약사 기술서]에 적혀 있던 다른 종류의 레시피에 도전했다.

"이쪽은 와이번 고기로 만든 강화 환약보다 간단할 것 같네."

나는 목랍과 밀랍에 [이동백] 씨앗으로 짜낸 동백기름, 그리고 생명의 물을 섞어 만든 베이스 크림을 꺼냈다.

저번에 대량으로 만들어 두었던 베이스 크림은 소재를 섞으면 속성 내성을 부여하는 [속성 연고]를 만들 수 있다.

그리고 이번에 베이스 크림에 섞을 것은 [셰이드 수액]이다.

포션 병에 담아두었던 [셰이드 수액] 여섯 병을 작은 냄비에 옮겨 담고 약한 불로 가열했다.

처음에는 약간 찐득거리기만 했던 수액이 조금씩 졸이자 점성이 커지고 색도 점점 진해졌다.

점성이 딱 좋게 늘어난 수액을 불에서 옮겨 천천히 식혔다.

이 상태가 된 수액은 [목공]의 마무리 작업 때 바르는 니스나 경화제 효과가 있어서 목공사가 자주 사용하는 아이템이다.

하지만 나는 작은 그릇에 식힌 수액을 옮겨 담고 거기에 베이스 크림을 넣어 섞었다.

점성이 커진 수액과 베이스 크림을 섞다 보니 흰색과 검은색이 점점 섞여서 연한 녹회색 크림으로 변했다.

"음~. 좀 연해졌는데. 밀랍을 조금 더 넣을까."

안정제 역할을 하는 밀랍을 조금 녹인 상태로 넣어 빠르게 섞었다.

그러자 그릇 안에 탱탱한 크림이 생겨났고, 그것을 500엔 동전 크기에 1센티미터 정도 두께 용기에 나누어 담았다.

[속성 연고]와 비교하면 적게 발라도 효과가 있어서 이 정도만 해도 열 번은 쓸 수 있기에 의외로 많이 쓸 수 있을 것 같았다.

"자, 마지막으로── [마력 부여]!"

손을 들어 올리고 EX 스킬 [마력 부여]를 녹회색 크림에 발동시켰다.

MP가 들어간 녹회색 크림의 색이 점점 진해져서 검은색 연고로 변했다.

나이트비전 크림 [소모품]
추가효과 : [암시3] / 60분

약간 단단한 크림을 손가락 끝으로 눌러보았다.

이것을 눈꺼풀 위나 눈 아래에 조금 바르기만 해도 일시적으로 암시 효과를 얻을 수 있는 것 같은데, [하늘의 눈]을 가지고 있는 나는 [나이트비전 크림]보다 더 뛰어난 암시 능력을 가지고 있기에 딱히 의미는 없다.

"뭐, 우선 10인분 정도 만들었는데, 조금 더 만들 필요가 있겠지."

그렇게 말하고 나서 완성된 [나이트비전 크림]을 비룡의 강화 환약과 함께 인벤토리에 넣었다.

생산에 집중하고 있다가 긴장이 풀리니 다시 그 생각이 들었다.

"역시 나는 생산밖에 할 수 있는 게 없는 건가?"

GVG 준비를 바쁘게 하다 보니 오히려 그런 생각이 더 들었다.

생산직으로서 생산기술이 필요한 상황이 기쁘기도 했고, GVG에서 생산직의 지침을 보여줄 수 있을 정도로 전투까지 잘해 낸다는 건 너무 욕심을 많이 부리는 것일지도 모른다.

"애초에 미카즈치 상대로 말이지……."

[상태이상 내성] 계열 센스의 레벨을 올릴 때 한 번 붙어 보았는데, 이길 수 있을 거라는 생각이 들지 않았다.

미카즈치네 그룹의 [팔백만] 정예들이 우리가 준비한 작전을 힘으로 돌파할 거라는 생각이 점점 강해졌다.

"휴우, 일단 좀 쉴까? 너무 부정적으로만 생각해봤자 소용없겠지."

내가 한숨을 쉰 다음 [아트리엘] 가게 쪽으로 돌아와 보니 뤼이와 자쿠로가 심심했는지 응석을 부렸다.

"하아, 치유되네. PVP나 GVG 같은 걸 하니까 쓸데없는 고민을 하게 되는 거야."

내 플레이 스타일은 대인 전투에 비중을 크게 두지 않는다고.

GVG를 준비하거나 아이템을 제공하는 건 그냥 돕는 거다. 그 뒤로는 전투를 잘하는 플레이어들에게 맡겨도 된다.

그래도 되긴 하지만…….

"역시 이왕 맡은 일이니 끝까지 해야 하겠지."

쓸데없이 성실한 나 자신 때문에 한숨을 쉬면서 어린 동물 상태인 뤼이와 자쿠로를 빗질해주었다.

그렇게 느긋한 공간이었던 [아트리엘]에 손님이 오자 뤼이가 자쿠로를 물고 환술을 써서 자취를 감추었다.

평범한 손님이 올 때는 자취를 감추지 않았던 뤼이를 보고 고개를 갸웃거리면서 [아트리엘] 입구 쪽을 보니 플레이어 두 명이 들어왔다.

"[아트리엘]. 오늘도 부탁하마."

"이제부터 플레이어들에게 복수할 거니까, 소모품 부탁해."

"정말…… 내 가게에서 그렇게 살벌한 말을 하지 않았으면 하는데."

나는 일어서서 들어온 두 사람—— 길드 [옥염대]의 플레인과 토비아를 보고 눈을 흘겼다.

플레인은 예전에 주위에 폐만 끼치는 미친개 같던 OSO에서 가장 흉악한 PK였다.

최근에는 일부 사람들이 OSO에서 PK를 너무 지나치지 않고 적당한 자극으로 받아들이기 시작하고 있었다.

나는 굳이 말하자면 뭐가 재미있는지 이해하지 못하는 부정파이긴 하지만, 폐를 끼치는 손님이 아니라면 굳이 오는 사람을 거부하지는 않는다.

그 때문에 플레인 일행은 가끔 [아트리엘]에 소모 아이템을 보충하러 온다.

"요즘에는 우리를 노리는 PKK들이 늘어서 날마다 만족스럽거든!"

자신에게 스스로 현상금을 걸어서 플레이어들의 투쟁심을 부추기고, 가끔은 다른 PK에게 시비를 걸기도 하는 플레인.

지금은 기분이 매우 좋은 것 같았다.

"그럼 윤. 평소에 사가는 포션으로 부탁해."

"그래, 그래. 길드 [옥염대] 멤버들 것까지 말이지?"

나는 일단 토비아에게 확인하면서 플레인 일행에게 팔 포션을 준비했다.

플레인 일행은 PK로서 노리는 쪽에 서 있는 것과 동시에 노려지는 쪽이기도 하다는 생각이라 그런지 절대로 [소생약]을 사지 않는다.

그만큼 포션 같은 회복 아이템뿐만이 아니라 스테이터스 보조용 강화 환약이나 인챈트 스톤, 그밖에도 괴짜 아이템 같은 걸 사곤 하기에 의외로 괜찮은 손님이기도 하다.

"이봐, 그냥 생각나서 물어보는 건데……."

카운터 뒤쪽에 있던 상품을 담아두는 아이템 박스를 열면서 계속 대인 전투를 벌이고 있는 플레인과 토비아에게 아무렇지도 않게 물었다.

"대인전의 요령 같은 게 있어?"

미카즈치와 벌일 GVG에 대비해 어떤 힌트라도 얻을 수 있으면 좋겠다고 생각하며 말을 꺼내 보았다.

그런데 플레인이 오싹해질 정도로 강한 살기를 내뿜었다.

카운터 뒤에서 고개를 내밀고 플레인을 보니 입가를 치켜세우고 사나운 미소를 짓고 있었다.

"[아트리엘]. 이 몸을 해치우기 위해서 이 몸에게 약점을 물어보는 거냐? 재미있는 질문을 하는군!"

"아니야, 아니야! 오해라고! 플레인을 공격하지는 않을 거야! 그럴 생각도 없고!"

허둥대며 부정했지만 강렬한 살기를 계속 내뿜으며 당장에라도 나를 공격할 것 같은 플레인을 토비아가 어깨에 손을 얹으며 말렸다.

"진정해. 윤이 우리를 적대시할 이유가 없잖아."

"마, 맞아! 맞아!"

"일단 이유를 말해줘. 그래야 납득을 하지."

"쳇, 어쩔 수 없지."

토비아에게 설득당한 플레인은 혀를 차며 살기를 거두

었다.

하지만 여전히 사나운 미소를 지으며 내게 이유를 말하라는 무언의 압박을 가했다.

"저기 말이지. 이번에 30명 대 30명으로 GVG를 하게 되었거든. 그래서 대인전 때 어떻게 움직이면 좋을까 싶어서 참고하게……."

플레인은 나를 노려보았고, 내가 몸을 움츠리자 코웃음을 쳤다.

"흥. 그래서 상대가 누군데?"

"저기…… 미카즈치네 길드."

"호오, 그 녀석인가."

미카즈치의 이름을 듣고 표정에서 사나운 미소가 사라진 뒤 무표정하고 눈초리가 사나워진 플레인.

"플레인, 어떻게 할 거야? 윤에게 대인전의 요령을 가르쳐줄 거야?"

"뭐, 우리의 손으로 키운 녀석이 미카즈치를 이기는 것도 흥미롭지만…… 거절한다."

그렇게 말하며 딱 거절하는 플레인.

"안 돼? 일단 대충 말로만 가르쳐주면 안 돼?"

내가 부탁하자 플레인은 불쾌하다는 듯이 인상을 썼고, 토비아는 손을 입가에 대고 고개를 돌렸다.

"쳇, 어쩔 수 없지. 한 번만 말한다."

"고마워! 플레인!"

"PK든 PVP든 대인전의 요령이라는 건── 불쾌한 짓을 계속하는 거다."

"저기, 정정당당한 정신 같은 건──"그딴 거 없다"──아, 네."

그가 딱 잘라 말하자 내가 얌전히 고개를 끄덕이는 한편, 토비아가 쓴웃음을 지으며 끼어들었다.

"플레인. 그러면 윤이 착각하잖아."

"상관없어. 그건 됐고 얼른 포션을 준비해. 언제까지 기다리게 할 거야."

"아, 미안."

나는 대인전의 요령에 대해 듣기 위해 아이템 박스에서 아이템을 꺼내다 만 상태였다.

플레인이 재촉하자 급하게 꺼내 아이템을 카운터에 늘어놓았다.

그동안 플레인이 말했던 대인전의 요령에 대해 자세히 말해주고 싶었는지 안절부절하지 못하는 토비아를 플레인이 시선만으로 입을 다물게 했다.

그리고 그 뒤로 아무런 말도 하지 않고 입을 다물고 있던 플레인에게 포션을 건네고 대금을 받은 나는 플레인과 토비아를 배웅했다.

다시 조용해진 [아트리엘] 안에서 나는 조용히 중얼거렸다.

"불쾌한 짓을 계속하라니, 그게 무슨 소리야!"

영문을 모르겠네, 그렇게 고민하던 와중에 환술로 자취를 감추고 있었던 뤼이와 자쿠로가 모습을 드러내고 다가왔다.

"불쾌한 짓이라고 하면, 항상 플레인 일행들이 하는 것처럼 매도나 도발? 아니, 나는 못 하지."

그것 말고 불쾌한 게 뭐가 있을까? 그렇게 고민한 결과——.

"좋아, 플레인 일행을 실제로 관찰해보자."

몰래 미행해서 활동을 관찰하면 대인전의 요령에 대해 자세히 알아낼 수 있을지도 모른다.

그렇게 생각하고 나는 뤼이와 자쿠로를 데리고 [아트리엘]을 나섰다.

●

길드 [옥염대]를 포함한 PK들이 활용하는 [현상금] 시스템이란 무엇인가.

그것은 PK들이 쓰러뜨린 플레이어에게 얻은 돈 중 9할이 PK에게 현상금으로 누적되어 가고 PK가 쓰러졌을 때 쓰러뜨린 플레이어가 PK에게 걸린 현상금을 받을 수 있는 시스템이다.

그리고 [현상금]이 걸린 PK는 마을 곳곳에 현상금 수배서가 붙게 되고 거기에는 현재 현상금 액수와 머물고 있는 에리어의 정보가 실시간으로 뜨게 된다.

로그아웃 중인 PK도 있을 수 있고 [○○ 던전]에 있다고 간단히 떠 있을 경우도 있다.

그중에서 플레인과 토비아의 현상금 액수를 보니──.

"우와, 플레인이 1090만 G고 토비아가 740만 G구나. 꽤 많이 걸렸네."

한 번 쓰러뜨리면 얼마 동안은 장비나 소모품에 드는 돈 걱정은 하지 않아도 될 정도로 큰 액수지만, 그렇다고 가장 흉악한 PK인 플레인 일행을 적대시하고 싶지는 않다.

하지만──.

"오늘이야말로 플레인을 쓰러뜨려서 일확천금이다!"

"그래도 파티 여섯 명이서 쓰러뜨리면 나눠야 하잖아."

"그럼 토비아까지 같이 쓰러뜨리면 돈이 더 들어오지!"

수배서를 올려다보며 PK를 사냥하는 플레이어, PKK들이 누구를 쓰러뜨리러 갈지 의논하는 모습을 보고 나와는 다르게 도전하는 사람도 있구나라고 생각하며 플레인 일행이 있는 곳을 확인한 다음 포탈을 통해 그 근처로 전이했다.

"던전 거리의 노멀 던전 제2계층이었지."

포탈을 통해 던전 거리로 전이한 나는 곧바로 뤼이와 자쿠로를 데리고 던전 안으로 들어갔다.

아마 현상금 액수가 커져서 평원 같은 에리어에서는 자주 습격당하곤 하니까 제한적인 던전 안에서 잠복 플레이를 하고 있을 것이라고 예상하며 노멀 던전을 나아갔다.

벽돌로 만들어진 던전이기 때문에 채취나 채굴 포인트가 없고 그 대신 랜덤으로 보물 상자가 많은 던전이긴 하지만, 나는 그것들을 무시하고 플레인 일행이 있을 것으로 예상되는 제2계층까지 내려갔다.

"여기에는 강한 적이 있지. 신중하게 가야 해……."

나는 뤼이의 환술을 사용하며 적 MOB에게 들키지 않게끔 이동했다.

강한 적은 우회해서 나아가며 플레인 일행을 찾아보았다.

"어디선가 싸우고 있으면 몰래 관찰할 수 있을 텐데."

어디 있을까, 그렇게 중얼거리던 와중에 뤼이와 자쿠로가 뭔가 느꼈는지 귀를 쫑긋 세우고 던전 왼쪽 통로 쪽을 보았다.

"뤼이, 자쿠로. 무슨 소리가 들려? 아니, 칼이 부딪치는 소리인가?"

무기끼리 부딪치는 소리가 작게 들렸기에 나는 뤼이의 환술로 몸을 숨긴 채 그쪽으로 다가갔다.

조금씩 나아가보니 거칠게 전투를 벌이는 소리가 들렸고, 모퉁이에서 고개를 살짝 내밀어 보니 플레이어들끼리 던전의 방에서 거칠게 전투를 벌이고 있는 모습이 보였다.

"찾았다. 플레인하고 토비아가 있네."

현상금이 걸린 PK인 플레인 일행, [옥염대]와 PKK 파티가 맞붙어서 거센 공방을 벌이고 있었다.

이 전투를 관찰하다 보면 플레인이 말했던 대인전의 요령이 무슨 뜻인지 알아낼 수 있을지도 모른다.

"이봐, 이봐, 기세 좋게 기습해놓고 오히려 밀리고 있잖아!"

"젠장! 이럴 리가 없는데!"

"네놈들은 계획이 어설프다고! 덮치면서 큰 소리를 지르는 바보가 어디 있냐! 조용히 죽이러 달려들어야지!"

아~, 또 플레인이 도발하며 세검을 사용하는데도 불구하고 힘으로 맞붙고 있는 플레이어를 밀어붙이고 있었다.

플레인과는 대조적으로 토비아는 조용히 어떤 플레이어와 맞서고 있었다.

얼굴에는 싱글거리는 기분 나쁜 미소를 드리우며 단검의 많은 공격횟수와 속도로 상대방 플레이어의 행동을 봉쇄하고 있었다.

"플레인보다 토비아가 더 관찰하기 편하네."

토비아는 상대 플레이어를 휘두르며 유리한 위치를 선점하는 것이 능숙하다.

그리고 마무리로——.

"그럼 이걸로 끝이야——《살인(殺刃)》!"

상대방이 균형을 잃고 피하기 힘든 순간에 대인 한정으로 확실하게 죽이는 스킬을 사용해서 HP를 도려냈다.

피가 튀는 것 같은 붉은 이펙트가 주위로 퍼지는 와중에 쓰러진 플레이어를 계속 경계하며 무기를 다시 겨누었다.

그리고 몇 초 뒤, 천천히 일어서는 PKK.

"휴우, 한 번 당해버렸나? 뭐, 아직 [소생약]이 있다고. 이걸 전부 다 쓰기 전에 너를 쓰러뜨린다."

"요즘에는 효과가 좋은 [소생약]이 돌아다니기 시작해서 진짜 껄끄럽네. [조합] 계열 생산직이 조금 원망스러운데."

토비아가 그런 말을 중얼거리자, 나는 몸이 살짝 떨렸다.

혹시 꽤 원망을 산 거 아닌가? 그렇게 생각하고 있자니 플레인이 PKK를 압도하며 웃고 있었다.

"원망하기는커녕 오히려 고맙지! 이렇게 강한 녀석들이 몇 번이고 다시 일어서서 우리에게 도전하니까! 이렇게 긴장을 풀 수 없는 상황이 더 즐겁잖아!"

"뭐, 그렇긴 하지."

그렇게 말하며 쓴웃음을 짓고 다시 맞붙는 [옥염대]와 PKK 파티.

[옥염대]는 [소생약] 제한이라는 규칙을 자체적으로 설정하고 있는지 포션 같은 아이템의 사용 빈도가 높았다.

그러자 PKK들은 그것을 방해하기 위해 단숨에 거리를 좁히며 공격에 나섰지만, 오히려 그 행동을 미끼로 삼아 카운터를 먹이곤 했다.

"대단하네. 플레이어들끼리 행동을 서로 마구 읽어대고 있어."

상대방이 파고들면 위험한 타이밍에 정확하게 공격을 가하거나 오히려 공격하려는 타이밍에 선수를 쳐서 방해한다.

저게 플레인이 말했던 불쾌한 짓을 계속한다는 건가?

그리고 얼마동안 전투가 이어졌고, PKK 쪽 사람들 중 한 명이 [소생약]을 다 썼는지 쓰러진 뒤 몇십 초 뒤에 빛의 입자로 변해 사라졌다.

그 뒤로는 계속 전투를 벌이다가는 전멸할 위험이 크다고 느낀 건지 PKK들이 빠르게 철수하기 시작했고, 플레인 일행도 함부로 추격하면 위험할 거라고 생각했는지 쫓아가지 않았다.

"이제 전투는 끝인가? 응, 대인전에 참고가 된 것 같아."

나는 혼자서 중얼거리다가 문득 플레인 일행 중 한 명이 줄어들었다는 것을 깨달았다.

"어라? 여섯 명에서 다섯 명으로 줄어들었네. 한 명 쓰러진 걸 놓쳤나? 아니면 추격하러 갔나?"

눈을 깜빡이다가 놓쳤나? 그렇게 의아해하면서 들키기 전에 돌아가려고 한 발짝 물러서자──.

"거기서 뭐하시는 거죠?"

"히익?!"

누군가가 뒤에서 기척도 없이 말을 걸며 목덜미에 단검을 들이댔다.

"몸을 숨기고 있어서 잘 알아볼 수 없는데요, 모습을 드러내 주세요. 그러지 않으면 바로 베어버리겠습니다."

"아, 알았으니까 공격하지 말아줘."

나는 환술을 쓰고 있던 뤼이에게서 손을 떼고 모습을 드러냈다.

그리고 두 손을 든 채 고개만 돌리자 플레인 일행의 동료 여자 PK가 있었다.

저번에 [요리] 센스를 가르쳐준 적이 있었고, 그때는 부드러운 표정이 인상적이었는데 전투가 끝난 뒤 보니 날카로운 분위기가 능력 있는 어른 여자라는 인상이었다.

예쁜 어른 여자 플레이어가 왜 PK 같은 걸 하고 있는 걸까, 무기가 목덜미를 향하고 있는 와중에 그런 생각이 들었다.

"당신은…… [아트리엘]의 윤 씨죠. 어째서 이런 곳에."

"저기…… 견학?"

고개를 갸웃거리며 대답하자 골치가 아프다는 듯이 미간을 찌푸리고 관자놀이에 집게손가락을 가져다 대는 여자 PK.

"제가 판단하긴 힘들겠네요. 우선 같이 가주시죠."

"그 전에 잠깐…… 괜찮을까요?"

내가 저항할 거라 생각했는지 단검을 보여주려는 듯이 각도를 조금 틀었다.

이 거리에서는 《살인》 스킬로 급소를 찔러 확실하게 죽일 수 있다고 협박하는 것 같은데, 나는 딱히 저항할 생각이 없다.

"저기, 뤼이하고 자쿠로를 돌려보내고 싶은데…… 안 될까?"

"네에, 거기에 뭔가 있다는 건 알고 있었는데요. 사역 MOB이었군요. 그 정도라면 상관없어요."

"고마워. 뤼이, 자쿠로——《송환》."

나는 환술로 숨어 있던 뤼이와 자쿠로를 돌려보내고 무기를 겨누고 있는 여자 PK에게 끌려갔다.

"오, 돌아왔나…… 아니, 뭘 데리고 온 거야?"

"저기, 금방 다시 보네?"

플레인 일행 앞까지 끌려와 정좌하게 된 나는 헛웃음을 짓는 것밖에 할 수 있는 게 없었다.

"뭔가 기척이 있다 싶어서 어부지리를 노린 PKK인가 했는데, [아트리엘], 뭐하러 온 거야?"

"본인 말로는 견학이라네요."

여전히 내 뒤에 서서 목덜미에 단검을 들이대고 있던 여자 PK가 대신 대답했다.

그 말을 들은 플레인은 나를 째려보았고, 토비아는 배를 잡고 웃고 있었다.

"윤, 진짜 무모하구나! 대인전의 요령을 알고 싶어서 PK의 전투를 견학하다니. 아, 너무 웃어서 배가 아프다."

"쳇, 진짜 무슨 생각을 하는 거야? 아무리 단골 가게 주인이라 해도 마을 바깥으로 나오면 우리 PK의 먹잇감이라고. 어쩔 수 없지, 아오이. 이 녀석을 데리고 온 책임을 지고 마을로 데려다줘라."

"마을로 데려다준다. 다시 말해 죽어서 돌아가라는 뜻이지?! 나를 PK할 셈이야? 그렇다면 온 힘을 다해 도망칠 거야! 뒤도 안 돌아보고 도망칠 거라고!"

"PK도 안 할거고, 그냥 데려다주기만 할 거야. 아니, 온 힘을 다해 저항하는 게 아니라 도망칠 거냐?"

투쟁심을 보이라고, 그렇게 정색하며 말한 플레인은 나를 내쫓으려는 듯이 손을 저었다.

내게 단검을 들이대고 있던 여자 PK도 무기를 거둔 걸 보니 그녀가 나를 마을까지 데려다줄 모양이었다.

그렇게 마을로 돌아가는 동안 경계할 필요가 없어져서 그런지 부드러운 표정을 짓고 있는 여자 PK—— 아오이 씨와 이야기를 나눌 기회가 생겼다.

"저기…… 궁금해서 그러는데요. 아오이 씨는 왜 PK를 하시는 거죠? 저기, 예쁜 어른 여성분인데."

"윤 씨는 칭찬을 잘하시네요. 제가 PK를 하는 이유를 한마디로 말하자면—— 스트레스를 발산하기 위해서예요."

"스트레스를 발산해요?"

"회사를 다니다 보면 이런저런 일이 있거든요. ……대머리 상사나 동료가 이런저런 말을 해대니까 그 사람들의 얼굴을 떠올리면서 죽이는 거죠."

아오이 씨는 한순간 진지한 표정을 지었고, 눈동자 너머에는 깊은 어둠이 깃들어 있는 것 같았다.

"저기…… 고생이 많으시네요. 단 거라도 드시고 마음 푸세요."

나는 인벤토리에서 쿠키 봉투를 꺼내 살며시 내밀었다.

"배려해주셔서 감사합니다. 나중에 먹도록 할게요."

방긋 미소짓는 아오이 씨가 다시 부드러운 표정을 드리우자 안심이 되었다.

그리고 던전을 탈출해 미궁거리로 돌아온 나는 아오이 씨에게 고맙다는 인사를 했다.

"감사합니다. 데려다주셔서."

"상관없어요. 그건 그렇고 대인전 요령은 알아내셨나요?"

"네, 어렴풋하게요."

나는 웃으며 대답한 뒤 아오이 씨와 헤어져 미궁거리에 있는 포탈을 통해 GVG의 대전 필드로 전이했다.

이미 우리 진지를 만드는 작업은 마무리 단계에 돌입한 상황이었다. 클로드는 뮤우와 길드 [팔백만]의 정예, 그리고 다른 플레이어들과 대략적인 작전에 대해 의논하고 있었고, 리리는 시치후쿠네 길드 사람들과 함께 진지 공사를 마무리하고 있었다.

"클로드, 리리. 부탁할 게 좀 있는데 괜찮을까?"

나는 두 사람이 이야기를 마쳤을 때 불러서 말을 꺼냈다.

"뭐냐, 윤이 부탁하다니. 신기하군."

"그치. 윤찌, 뭔가 새로운 아이디어가 생각났어?"

"저기, 이런 아이템을 작전에 넣을 수 있을까? 그리고 클로드하고 리리는 각자 이런 아이템을 만들어줬으면 하는데……."

내가 생각한 GVG에서 보여줄 수 있는 생산직으로서의 지침과 공헌할 수 있는 방법에 대해 간단히 말했다.

플레인 일행이 싸우는 모습을 관찰하고 알게 된 건데, 대인전의 요령은 상대방이 동요하게끔 만들어서 정신적으로 우위를 점하는 방법과 상대방의 행동을 막아 전투에서 우위를 점하는 방법, 이렇게 두 가지가 있는 것 같았다.

그리고 내가 제안한 것은 후자—— 상대방의 행동을 막아 전투에서 우위를 점하기 위한 보조 아이템 아이디어였다.

그리고 클로드는 그 말을 다 들은 뒤 사악한 미소를 지었고, 리리는 급하게 부탁해서 일이 늘어났는데도 불구하고 싫은 기색 없이 작업에 착수해주었다.

3장　GVG와 비책

미카즈치 일행과 GVG를 벌이게 된 당일——.

참가자들은 집합 장소인 길드 [팔백만]의 길드 홈에 모여 서로 최종 확인을 하며 기다리고 있었다.

미카즈치가 GVG 그룹을 나눈 이후 일주일 동안 우리 그룹은 할 수 있는 범위 내에서 최대한 준비를 진행했다.

아군 플레이어 모두에게 [액막이 결계 조각], [강화 환약], [나이트비전 크림]을 주었고, 각자의 역할에 맞게 개별적으로 필요한 아이템을 주기도 했다.

한편, 주최자 겸 대전 상대의 대표인 미카즈치 일행도 최종 조정을 하고 있는 모양이었다.

"세이. 그쪽 모니터는 괜찮아?"

"괜찮아, 문제없이 움직이고 있고, 카메라 시점도 문제없어."

"그럼 준비는 다 됐군."

그렇게 말하고 부길마인 세이 누나와 길드를 챙기고 있는 미카즈치.

보아하니 이 GVG는 실시간으로 중계되는 모양이고, 그동안 전투를 벌이는 모습이 [팔백만]에 설치한 홀로그램 모니터에 뜨는 모양이었다.

그 모니터 앞에는 이미 GVG를 관전하기 위해 [팔백만]의 다른 멤버들과 외부에서 초대받고 온 플레이어들이 모여서 목이 빠지게 기다리고 있었다.

그렇게 관전하러 온 사람들 중에는 내 지인들도 있었다.

"젠장, 이렇게 재미있을 것 같은 이벤트에 왜 나를 초대하지 않은 거야!"

"자, 타쿠. 진정해. [팔백만]의 연회 요리가 맛있다고. 자, 닭튀김하고 주스."

"나도 차를 마시지."

타쿠와 간츠, 케이, 그렇게 남자 셋이서 나란히 모니터를 올려다보고 있었다.

그밖에도 뮤우 파티의 루카토와 히노, 코하쿠도 뮤우를 응원하러 달려왔고, 마기 씨도 어린 동물 상태인 파트너 리쿠르를 무릎에 앉히고 기계장치 마도인형인 루프까지 데리고 관전하러 와 있었다.

"꽤 일이 커졌는데?"

"그런 모양이야."

내가 혼잣말을 하자 대답이 들렸기에 돌아보니, 눈이 졸린 듯한 칼 대장장이 오토나시와 그 옆에 키가 크고 피부가 까무잡잡한 조금사 랑그레이가 서 있었다.

"여, 잘 지냈어?"

"뭐, 그럭저럭."

나는 살짝 쓴웃음을 지으며 지인인 두 사람에게 대답했다.

오토나시와 랑그레이는 길드 [팔백만] 소속 생산직이다.

"일단 양쪽 다 힘내."

"그래, 우선 할 수 있는 범위 내에서 해볼 거야."

우리는 그렇게 말한 뒤 시작 시간 15분 전에 길드 [팔백만]의 미니 포탈을 통해 GVG 전용 필드로 전이했다.

그리고 양쪽 그룹의 플레이어가 모두 배치되었다는 것이 확인되자 인공 음성이 규칙을 설명하기 시작했다.

· 대전 시간은 한 시간.
· 각 플레이어의 소지 점수는 30점. 유효타로 1점 감점.
  큰 대미지, 급소, 크리티컬로 3점 감점.
· 각 플레이어는 일반적인 회복 아이템을 사용하는 것이
  금지되는 대신 지급된 포션을 두 개까지 지닐 수 있고
  회복량은 하나당 5점.
· 특별한 역할로 아군 플레이어를 회복시킬 수 있는 [위생병]은
  그룹 내에 세 명까지 맡을 수 있으며 각 플레이어에게
  회복마법을 사용할 수 있는 횟수는 한 번뿐. 회복량은 10점.
· 플레이어의 점수가 0점이 된 시점에서 그 플레이어는
  탈락하여 강제 전이됨.
· 승리 조건은 상대 그룹의 전멸, 또는 상대 진지 에리어의
  누적 체재 시간이 10분을 넘은 경우, 또는 각 그룹의
  최종 점수로 결정됨.

규칙을 요약하면 이렇게 된다.

참가자인 우리는 여러 번 확인했으니 굳이 말하자면 지금 모니터로 관전하고 있는 플레이어들을 위한 설명일 것이다.

"자, 모두 준비됐지?"

인공 음성이 규칙 설명을 마치자 하늘 위에 전투가 시작되는 카운트다운이 떴고, 우리는 시간이 되기를 기다렸다.

『3, 2, 1. ──스타트!』

부저음과 함께 우리는 똑바로 뛰어가기 시작했다.

초반의 작전은 세 파티가 진지 주변의 탐색과 경계를 맡고 내가 있는 나머지 두 파티가 대전 필드의 한가운데 근처에 진지를 만들러 간다.

"윤 언니, 리리 군! 더 빨리!"

"아니, 뮤우. 이게 한계야."

"자, 잠깐만. 뮤우찌……."

개시 직후, 모두에게 나누어준 와이번의 강화 환약을 먹고 SPEED 스테이터스를 올린 뒤 뛰어갔다.

하지만 기초 스테이터스 차이가 있는 생산직인 나와 리리는 약간 뒤처져서 필드 가운데로 향했다.

그리고 앞쪽을 보니 소수로 가운데까지 나와 있던 상대 그룹이 보였다.

숫자는── 세 명.

"으랴아! 이대로 돌격이다아아아!"

""" "선장을 따르라! 으랴아!" """

시치후쿠가 이끄는 [OSO 어업조합] 플레이어들과 준비를 하다 그들에게 감화된 몇 명이 그 모습을 보고 인벤토리에서 간이 진지 제작용 통나무를 꺼냈다.

"저게 뭐야── 으악!"

"이봐, 괜찮── 뜨악!"

"통나무라니── 끄악!"

전속력으로 달려가는 기세와 인벤토리에서 꺼낸 통나무의 길이를 이용해 먼저 와 있던 세 사람을 날려버렸다.

통나무를 무기로 사용하려면 [봉]이나 [지팡이] 계열 무기 센스가 필요하지만, 시치후쿠네 일행은 그 센스를 장비하지 않았기 때문에 대미지가 적용되지 않았다.

하지만 질량이 큰 데다 기세가 붙은 물체에 접촉해서 날아갔기 때문에 각 플레이어들이 1점씩 대미지를 입었다.

"좋았어, 여기에 진지를 만들자! 마법반은 원호 부탁해!"

"맡겨두라고! ──《파이어 볼》!"

돌격할 때 사용한 통나무를 ㄷ자가 되게끔 던진 뒤 그것을 간이 진지 기반으로 삼았다.

기반을 잡고 난 뒤에는 인벤토리에서 대량의 흙이 담겨 있는 자루를 차례차례 꺼내 통나무 주위에 효율 좋게 쌓아 높이를 확보했다.

"윤 언니, 가자! ──《라이트 숏》!"

"알았어!"

나는 허리 높이까지 쌓은 자루벽 안쪽에 숨어 그것을 방패삼아 미카즈치 일행 쪽 진지에서 나타나는 플레이어들에게 화살을 날렸다.

상대방의 공격도 숨어서 피하고 손가락에 화살 세 개를 집고 일어선 뒤에 간이 진지로 다가오는 상대 플레이어들을 차례차례 노리기 시작했다.

"큭! 상대방의 마법 명중률이 높은데!"

"그리고 화살 공격도 섞여 있어! 조심해!"

초반에는 강화 환약과 간이 진지 구축을 통해 필드 가운데를 제압할 수 있었다.

이제 이곳을 사수하며 조금씩 상대 플레이어들의 점수를 줄이기만 하면 된다.

"——《생추어리》! 좋아, 이제 이 주위는 방어력이 좀 괜찮아졌어!"

뮤우는 광속성 범위 방어마법을 간이 진지 주위에 걸었다. 그로 인해 간이 진지의 내구도가 간접적으로 올라가게 되었다.

"대미지를 많이 입은 분은 제가 회복시켜드릴게요! 바로 말씀해주세요!"

[위생병] 역할도 맡고 있는 뮤우는 최전선인 이곳에 있는 아군 플레이어들에게 소리쳤다.

약 열두 명인 아군이 세 방향을 경계하며 적이 다가오지 못하게끔 간헐적으로 공격을 가했다.

나는 다가오는 상대 플레이어들이 많은 정면 쪽에서 화살 속사로 대응했다.

그밖에도 마법을 쓰는 멤버가 MP를 신경 쓰며 교대로 마법을 날렸고, 원거리 공격 수단이 없는 리리가 [독] 상태이상약을 [합성]시킨 투척 나이프를 던지며 가세했다.

"윤 언니, 지금 상대방은 몇 명이나 있어?!"

"상대방은—— 아홉 명…… 아니, 열 명으로 늘어났어!"

초반에 빠른 움직임, 간이 진지를 이용한 지리적 이점, [나이트비전 크림]을 사용한 암시 부여—— 이런 요소들을 사용한 전격 작전은 지금까지 잘 진행되고 있다.

그런데 [하늘의 눈]으로 포착한 상대 플레이어들의 점수를 확인해보니 생각했던 것보다 대미지를 별로 입지 않았다.

이쪽에서는 탄막을 치는 것처럼 마법을 날리고 있는데, 이것들을 대부분 나무를 방패 삼아 막거나 방어구의 두꺼운 부분으로 받아내 막은 모양이었다.

그리고 조금씩 마법으로 반격하기 시작해서 이쪽에서 방벽 대신 쓰고 있는 자루가 터져서 안에 들어 있던 흙이 흘러내렸다.

"이쪽 벽이 얇아졌어!"

"자루를 추가로 더 쌓아 올려!"

하지만 이것도 미리 상정했던 범위다.

다시 인벤토리에서 꺼낸 자루를 쌓아 올려 벽의 두께를 보완했다.

자루는 무너져도 다시 위에 쌓기만 하면 쉽게 수리할 수 있어서 가성비나 제작에 들어가는 수고를 생각하면 제일 현실적이었다.

그리고——.

"이런, 엄청 강한데. 자루벽."

나는 자루벽에 등을 기대며 공격을 피했다.

그리고 공격이 멎은 틈을 타 화살 속사로 나무 그늘에 숨어 노리고 있던 플레이어에게 반격을 가했다.

하급 마법 정도로는 자루를 무너뜨릴 수 없고, 중급, 상급 마법을 발동시키려 하는 플레이어들을 발견하면 바로 집중적으로 공격을 가한다.

특히 [수면]이나 [마비], [혼란], [분노] 등 행동을 중단시키는 효과가 있는 상태이상약을 합성시킨 투척 나이프를 던지는 공격이 은근히 효과를 발휘하고 있었다.

우리는 의외로 무너지지 않는 자루벽 간이 진지를 이용해 10분 정도 전투를 벌였다.

『그쪽 상황은 어때?』

우리 머릿속에 흐른 클로드의 목소리는 프렌드 통신의 광역 음성 채팅을 이용한 연락수단이었다.

갑자기 클로드의 목소리가 들리자 우리는 간이 진지 제작 그룹의 리더인 뮤우를 보았다.

"클로드 씨, 이쪽은 간이 진지를 만드는데 성공했어. 그런데 지금은 상대 플레이어 열 명하고 교전중이야."

뮤우가 보고를 마치자 클로드 쪽 상황에 대해 들으며 계속 응전했다.

『이쪽은 필드 곳곳에 산개해서 수색한 결과, 우회해서 공격해 온 상대 파티 하나를 발견, 대미지를 입히고 퇴각시켰다.』

그 보고를 듣자 간이 진지에 있던 아군의 사기가 약간 올라갔다.

이대로 여기를 사수하면 전황이 더욱 유리해진다. 하지만 상대방도 이런 전황을 무너뜨리고 싶어할 것이다.

"——《프로미넌스 드라군》!"

간이 진지 왼쪽에서 불꽃이 거세게 타오르는 것을 느끼고 그쪽을 돌아보았다.

어떤 마법사가 마법을 보조해주는 무기인 책을 펼치고 상급 화속성 마법을 발동시킬 준비를 하고 있었다.

숲속에서 꿈틀대는 듯이 움직이는 동양 용과 비슷한 형태의 불꽃.

그것이 불꽃의 송곳니가 늘어서 있는 입을 벌리고 간이 진지를 향해 일직선으로 돌격해 왔다.

"——윽?! 전원 대피!"

뮤우가 재빠르게 명령하자 자루벽 안에 있던 모든 아군 플레이어들이 일제히 도망치기 시작했다.

그 직후, 불꽃의 용이 자루벽으로 둘러싸여 있던 간이 진지 가운데에 돌격하여 화려하게 폭발했다.

안쪽에서 생겨난 폭풍으로 인해 쌓아 올렸던 자루벽이 무너졌고, 자루가 타올랐다.

"지금이다! 노려! 노려!"

상대방 지휘관의 목소리인 것 같다.

자루벽 안쪽에서 뛰쳐나온 우리를 노리기 위해 조금씩 좌우로 이동해 있던 상대방 플레이어들이 자루벽을 잃은 우리를 일제히 노렸다.

"모두 [액막이 결계 조각]을 뿌리면서 철수해! 단숨에 물러나자!"

우리는 공중에 은 조각을 던지며 도망쳤다.

그러자 [액막이 결계 조각]들이 선으로 이어져 반투명한 면을 만들었다.

그리고 상대방 플레이어가 추격타로 날린 마법을 받아내고 소멸하면서 공격을 다른 방향으로 빗나가게 하였다.

"조금 대미지를 입었어."

"괜찮아? 지금 포션을 쓸래?"

"지금은 됐어. 도망치면서 쓸게."

우리는 수비에 중점을 두면서 싸웠는데도 다 막아내지 못할 대미지를 입고 점수가 줄어들었다.

"내 점수는 27점인가."

우연히 날아든 공격을 몇 발 맞았지만 아직 탈락하려면 멀었다.

그런데 자루벽 간이 진지에서 도망칠 때 뒤에서 원호를 맡았던 아군 여자 플레이어는 10점 이상 점수가 줄어든 상태였다.

"이런, 간이 진지를 만들려고 속도를 중시했던 게 실수

였나?"

뮤우가 하는 말을 들으면서 경장비 플레이어들로 이루어진 간이 진지 제작 그룹이 후퇴했다.

"우선 진지로 돌아가면 대미지를 입은 사람을 회복시킬게!"

뮤우는 그렇게 말하고 철수중인 아군 플레이어들을 격려하며 뒤쪽을 신경 썼다.

"절반은 적의 간이 진지를 접수하고 자루를 재활용한다! 나머지 절반은 추격!"

상대 플레이어 열 명 중 지휘관과 좀 전에 상급 마법을 날린 플레이어를 포함한 몇 명이 간이 진지에 자리를 잡았고, 나머지 절반이 이쪽으로 쫓아왔다.

"뭐, 이 정도면 되겠지. 전원 산개!"

뮤우의 지시에 따라 파티가 2인 1조로 나뉘어 제각각 숲 속으로 도망쳤다.

나는 뮤우와 함께 도망쳤다.

지휘관이 없는 상황이라 누구를 쫓아가면 될지 알 수가 없어서 한순간 멈춰선 추적자들.

"자자, 혼자서 쫓아오면 2 대 1. 누군가를 집중적으로 쫓아오면 좀 위험하지. 윤 언니, 부탁할게!"

나는 뮤우가 신호를 준 것과 동시에 적이 수리하고 있던 간이 진지를 보았다.

"라져. ──《존 클레이 실드》!"

나는 MP 중 대부분을 사용해 간이 진지를 둘러싸는 식으로 토벽을 여러 개 만들어냈다.

"모두 여기서 피해라! 함정이야!"

"이미 늦었어. ──[봄]!"

명확한 의지와 발동 키워드에 따라 토벽 안쪽에서 일어난 다중 폭발.

직전에 내린 대피 명령에 따라 솟구치는 토벽을 뛰어넘어 운 좋게 도망친 사람도 몇 명 있었지만, 지휘관과 미처 도망치지 못한 한 명이 토벽 안쪽에 남아 매직 젬의 다중 폭파에 휘말렸다. 연속으로 일어난 폭발 대미지 증가로 인해 점수를 다 잃고 탈락한 모양이었다.

"오~, 여전히 위력이 대단하네. 연쇄 보너스가 겹쳐진 마법의 위력은 참."

"뮤우, 잡담하지 말고 진지로 돌아가서 부상자를 회복시키자."

"그래야지! 자, 돌아가서 중반전 준비를 하자."

갑작스럽게 일어난 다중 폭발로 인해 추격해 오던 상대 플레이어들이 허둥대며 돌아가자 나와 뮤우는 그 자리에서 재빨리 도망쳤다.

"그건 그렇고 클로드 씨는 참 이런 잔인한 작전을 잘도 생각해냈네."

"진짜, 자루에 매직 젬을 넣을 줄이야."

그 폭발의 비밀을 밝히면 간단하다.

자루에 담긴 흙 안에 매직 젬 보석을 섞었을 뿐이다.

전투를 벌일 때는 상대방이 사용하던 도구를 이용하게 되는 경우도 있다.

그것을 역으로 이용해서 [봄] 매직 젬을 자폭장치 대신 쓰고, 운이 좋으면 간이 진지를 폭파시켜서 큰 타격을 입힐 생각이었다.

"그러고 보니 어떻게 폭발하기 직전에 매직 젬이 있는 줄 알았지?"

"아~, 아마 자루가 터져서 매직 젬이 보였을 거고, 발동되기까지 시간이 좀 걸리니까."

아마 그래서 빠르게 피할 수 있었을 것이다.

원래 일망타진하려 했는데, 상대방이 전력을 분산시킨 데다 폭발하기 직전에 들켰다.

그렇게 준비를 잔뜩 했는데 탈락시킬 수 있었던 것은 고작 두 명뿐이다.

"젠장, 모든 자루에 매직 젬을 넣지 못하긴 했지만 수십 개나 썼는데 고작 두 명이라니."

"윤 언니, 분한 마음이 엉뚱한 방향으로 향하고 있어."

뮤우에게 태클을 받으며 진지로 후퇴했다.

"그래도 이제 심리적인 압박을 가할 수 있다, 클로드가 그렇게 말했지."

매직 젬을 이용한 간이 진지 폭파의 영향은 상대방 플레이어에게 입히는 물리적인 피해에만 그치지 않는다.

이제 상대방이 사용한 것을 재활용하면 폭발할 가능성이

있다── 그렇게 생각하게 만들기만 해도 미카즈치 일행은
신중하게 행동할 수밖에 없게 된다.

●

간이 진지를 폭발시킨 영향인지 나와 뮤우는 미카즈치 일
행의 추격을 받지 않고 진지까지 철수할 수 있었다.

"──《라운드 힐》! 좋아, 이제 10점 이상 대미지를 입은
사람은 회복시켰으니까 다시 자기 구역으로 돌아가!"

"고마워요. 조심해서 다녀오겠습니다."

우리 그룹으로 배치된 몇 안 되는 [팔백만]의 정예 멤버
중 한 사람이 뮤우에게 고맙다는 인사를 한 뒤 다시 숲 필드
곳곳을 수색하기 위해 떠났다.

"전투가 시작되고 나서 20분 지났구나. 앞으로 40분. 클
로드, 적은 다음에 어떻게 움직일까?"

"미카즈치라면 초반에 양쪽 진영이 가볍게 맞붙고 몇 명
이 탈락해서 전력이 떨어지면 소수로 기습. 그렇게 중반쯤
에 결판을 내려할 가능성이 있는데."

초반에는 이쪽에서 간이 진지를 폭파시켜서 양쪽 진영이
미묘한 상황이다.

미카즈치 일행은 온 힘을 다해 우리를 쓰러뜨리려 했지만
이쪽에서 방어 아이템을 많이 사용해서 감점되긴 했지만 탈
락한 사람은 한 명도 없었다.

"무엇보다 미카즈치도 그렇고 세이 누나도 아직 나오지 않았다는 게 무섭네."

지금까지 최대 전력이라 할 수 있는 미카즈치와 세이 누나를 못 봤는데, 긍정적으로 생각하자면 둘 중 한 명이 클로드처럼 진지에서 작전 지휘를 맡고 있을 가능성이 있다.

"둘 중 한 명이 없는 것만으로도 압박이 안 되니 좋은데."

"하지만 그렇게는 안 되겠지."

수색을 맡고 있는 아군에게 프렌드 통신으로 어떤 보고를 받은 클로드가 그렇게 중얼거렸다.

그 직후── 쿠웅, 그렇게 배에 울리는 소리와 함께 숲 필드에서 불꽃이 치솟았고, 나무들이 소리를 내며 쓰러지기 시작했다.

"미카즈치 녀석들! 흩어져서 행동하지 않고 숲을 헤집으면서 올 셈인가!"

"클로드! 그럼!"

"잠복이나 함정을 전부 파괴하면서 일직선으로 이쪽을 향해 오고 있어! 윤은 바로 망루 위로 가라!"

나는 클로드의 지시를 받고 뛰어갔다.

그곳에 있는 것은 내가 GVG 사흘 전에 리리에게 부탁해서 만들어 달라고 한 15미터 높이의 파수대였다.

사다리를 타고 올라가 미카즈치 일행의 진지 쪽 숲을 보니 멍해졌다.

"이봐, 이봐. 진짜로?"

암시와 원거리 시야 능력을 지닌 [하늘의 눈]으로 확인한 광경은 미카즈치를 앞세우고 상대방 플레이어들이 양쪽의 진지를 잇는 직선상의 나무들을 마법과 아츠로 파괴하고 있는 광경이었다.

그 근처에도 함정을 설치해두었을 텐데, 그 함정까지 전부 다 파괴하며 이쪽 진지로 접근하고 있었다.

"진짜! 아픈 곳을 연속으로 찌르네!"

뭐, 이쪽에서도 아픈 곳을 찌르는 작전을 세워두긴 했는데, 그게 무너지고 있다.

정면으로 맞붙어서 싸우지 않고 꼼수로 대미지를 입혀서 최종 점수 차이로 전술적인 승리를 목표로 삼고 있던 우리들과는 달리 미카즈치는 끝까지 알아보기 쉬운 정면 돌파로 완전 승리를 노리고 있는 것 같다.

"윤 언니! 나도 앞으로 나설게!"

"뮤우! 조심해! 나는 여기서 원호할게!"

그렇게 말하고 회복마법 사용 허가를 받은 몇 안 되는 [위생병]인 뮤우도 뛰어가기 시작했다.

"나도 앞으로 나간다! 윤하고 다른 몇 명은 진지를 방어해! 무슨 일이 생기면 프렌드 통신으로 보고해라!"

"라져! 그리고 클로드!"

"뭐야?!"

"상대방 마법사들은 후퇴하지 않고 같은 사람이 계속 마법을 쓰고 있어! 그러니까 아이템이 아닌 다른 MP 회복 수단을 가지고 있을 거야!"

"그렇다면 그걸 찾아내서 공격한다!"

나는 뮤우를 따라 뛰어가기 시작한 클로드를 보고 다시 숲을 헤집으며 나아오기 시작한 미카즈치 일행을 보았다.

"아직 사정거리 바깥에 있구나. 하지만 그 전에———."

미카즈치 일행에게 대처하는 역할은 뮤우와 클로드에게 맡기고 나는 내가 할 수 있는 일을 한다.

"자, 숲속에 숨어 있는 녀석들을 끌어낼까."

[하늘의 눈]의 암시와 원거리 시야, 그리고 타깃팅 능력. 그리고 망루라는 고지대의 시점이 합쳐서 숲에 숨어 있는 플레이어들을 찾아냈다.

"주 전력인 미카즈치 일행이 주목을 끄는 한편, 다른 쪽에서는 소수로 기습하거나 공작을 맡고 있구나. 보이는 범위 내에서는 일곱 명, 세 조. 이 정도면 되겠네.《존 커스드》— 스피드!"

속도 저하 커스드를 그 일곱 명에게 걸었다.

일곱 명 중 MIND 스테이터스가 높은 마법사 계열 플레이어 한 명은 저항했지만, 나머지 여섯 명의 몸에서는 어두운 노란색 빛이 피어올랐다.

(큰일이다! 뭔가 당했어!)

(윤의 [인챈트] 계열 스킬이야! 근처에 있을 거다!)

원거리에서 보이는 상대 플레이어들의 입 모양을 통해 그런 말을 하고 있지 않을까 하고 추측했다.

그리고 근처에 스킬을 발동한 내가 있을 거라 생각한 플레이어들이 발걸음을 멈추고 주위를 찾아보기 시작했다.

"낮은 위치에서 올려다봐도 나뭇잎이 시야를 가리고 있고, 어두운 밤이라 망루를 알아보긴 힘들지. 그리고——."

나는 검은 소녀의 장궁을 하늘로 향해 차례차례 화살을 쏘았다.

"어둠을 틈타 쏟아져 내리는 화살이 사수의 위치를 더욱 알기 힘들게 만들겠지."

곡사로 날려 아치형 궤도를 그린 화살은 눈으로 보기 힘들었고, 중력에 이끌려 숲속으로 떨어졌다.

그리고 떨어진 화살을 맞고 허둥대며 움직이는 커스드의 어두운 노란색 빛.

저 빛은 표적을 추적하는 마커 역할도 맡고 있다.

어둠 속에서도 희미하게 빛났고, 근처에 화살을 떨어뜨리기만 해도 도망치기 시작했다.

플레이어 일곱 명에게 쉴새 없이 곡사로 화살을 날렸다.

"하하! 좀 재미있는 것 같은데!"

성격이 좀 나빠진 것 같긴 한데, 점점 신이 난 나는 화살을 날리는 속도를 높였다.

"깎은 합계 점수가 48점. [독]이 은근히 세네."

위쪽에서 떨어지는 화살에 입은 대미지와 날린 화살에 합성시켜두었던 [독] 상태이상약의 지속 대미지로 상대방의 점수를 깎았다.

그밖에도 숲 곳곳에 설치해둔 금속 실 절단 함정이나 진자 통나무 함정, 구멍을 파서 발을 묶어두는 함정이나 대미지 아이템을 투하하는 공격도 시도했지만 그쪽은 생각보다 점수를 깎아낼 수가 없었다.

그럼에도 불구하고 정신적으로 서서히 상대방을 몰아넣어 갔고——.

"좋아, 네 명이 포위되었구나."

화살로 몰아넣은 것은 괴롭히기 위해서가 아니다.

인챈트의 빛이 마커 역할을 맡고 있어서 상대방이 움직이면 아군에게도 보이게 된다.

지금은 수색하러 나가 있던 아군 플레이어들이 두 조를 각각 포위하고 숫자로 밀어붙이기 시작하고 있었다.

"오, 시치후쿠네는 대단하네. 저렇게도 싸울 수 있구나."

한쪽을 포위하고 있는 곳에서는 리리와 다른 사람들이 정석처럼 조금씩 몰아붙이고 있었다.

다른 한쪽을 포위하는데 참가한 길드 [OSO 어업조합]의 시치후쿠는 왼손으로 삼지창을 든 채 오른손으로는 낚시대를 휘두르고 있었다.

원심력을 이용해 휘두른 추와 금속 실이 엄청난 기세로 플레이어의 다리에 감겼고, 낚시대를 잡아당겨 쓰러지게 만든 다음 삼지창으로 급소를 정확하게 노렸다.

지금 포션 같은 회복 아이템을 쓸 틈도 없이 쓰러뜨려 나갔다.

"급소를 노려서 3점 대미지라니, 진짜 효율 좋게 쓰러뜨리네. 포위한 네 명은 탈락했고, 나머지 세 명은——."

전사, 척후, 내 커스드에 저항한 마법사, 그렇게 세 명의 조는 커다란 나무를 등진 채 숨을 고르며 내가 근처에 있다고 생각하고 맞설 준비를 했다.

수색하러 나가 있던 아군들도 그들까지 상대하지는 못하고 포기했는지도 모르겠다.

"이쪽은 나 혼자서 나머지 점수를 다 깎을 자신이 없는데."

화살이 여러 번 박히자 쏜 방향을 파악했는지 보이지 않는 망루를 향해 무기를 겨누고 있었다.

지금 망루에서 화살을 날려도 맞기 직전에 눈치채고 화살을 튕겨내 버릴 것이다.

그리고 [존 클레이 실드]와 [존 커스드]로 인해 MP를 많이 써서 종반전을 대비해 MP를 아껴두어야 하기 때문에 더 이상 아츠나 스킬을 쓸 수는 없다.

"어쩔 수 없지. 저 세 사람은 내버려 둘 수밖에 없겠어."

시치후쿠와 포위에 참가한 다른 사람들과 거리가 멀리 떨어져 있기 때문에 세 사람은 철수할 수 있었다.

그리고 내버려 두자고 결심하고 공격을 늦추자 그 세 사람은 경계하면서 마법사가 지팡이를 들고 회복 스킬을 사용했다.

"아, 저 마법사가 [위생병]이었구나. 쓰러뜨렸으면 꽤 유리해졌을 텐데."

혼잣말을 하면서 계속 마법을 펑펑 날리면서 이쪽 진지를 향해 길을 만들고 있는 미카즈치 일행 쪽을 보았다.

소수로 기습한 것은 막아낼 수 있었지만, 저쪽은 아직 주전력이 남아 있다.

마법사들의 후방에서 어떤 플레이어를 지키려는 듯이 서 있는 미카즈치를 발견한 직후에 뮤우와 클로드에게서 프렌드 통신이 들어왔다.

『윤 언니가 예상했던 대로 아이템 말고 다른 MP 공급 수단을 준비하고 있었어!』

『마법사들의 후방에 [염동] 센스를 지닌 플레이어가 대기하고 있었다.』

"진짜로? 나 말고 용케도 그런…… 특이한 센스를 취득한 녀석이 있었구나."

나도 특이하다는 표현을 썼지만, 실제로 [염동] 센스는 쓰레기 센스라는 취급을 받은 센스다.

[염동] 센스를 단련하면 초기 스킬인 《키네시스》 말고도 자신의 HP나 MP를 다른 플레이어에게 나누어 줄 수 있는 《트랜스퍼》라는 스킬을 얻을 수 있다.

《트랜스퍼》도 HP나 MP 회복수단이라 할 수 있지만, HP나 MP를 나누어줄 때 전체적인 양이 감소하기 때문에 비효율적인 회복수단이다.

"나도 얼른 레벨을 올리고 싶긴 한데……."

혼잣말을 한 뒤 [염동] 센스에 대해 재미있는 걸 볼 수 있지 않을까 하며 잠시 관찰했다.

"그렇구나, [염동] 센스에 MP 상승 계열이나 [명상] 같은 보조 센스를 써서 MP 탱크 역할을 맡고 있는 건가?"

그야말로 이 GVG 규칙을 위해서 준비한 것 같은 센스 구성이다.

직접적인 전력이 되지는 않지만 MP 공급과 고속 회복으로 지탱할 수 있는 상급 마법의 제압력은 위협적이다.

"그래도 박살 내야지."

『그래야지. 내가 돌격할 테니까 윤 언니는 원호사격 부탁해!』

『나도 부족하나마 마법으로 원호하지.』

뮤우와 클로드 다른 몇 명이 아군을 데리고 미카즈치 일행을 습격하기 위해 움직였다.

숲을 일직선으로 가로지르고 있었기 때문에 대열이 길게 늘어져 있어서 좌우에서 협공하는 것이 이상적이라 할 수 있다.

그리고——.

『3, 2, 1—— 고~!』

뮤우가 프렌드 통신의 광역 채팅으로 보낸 신호에 따라 MP 공급자를 노리기 위해 좌우에서 달려들었다.

나는 그 움직임에 맞춰 숲을 가로지르기 위해 선두에서 마법을 쓰고 있던 플레이어들에게 차례차례 화살을 날렸다.

"미안하지만 발을 묶어둬야겠어."

숲을 헤집고 있어서 차폐물이 줄어들어 쉽게 포착할 수 있었다.

화살이 곡사로 비처럼 쏟아져 내리자 혼란스러워졌고, 맞으면 합성시킨 [마비]나 [수면] 상태이상약의 효과로 인해 잠시나마 움직임이 멎었다.

"다섯 명 중 세 명이 잠들었구나. 그러면 나머지 두 사람은 따로 노리— 앗?!"

원호사격을 하기 위해 활에 화살을 메기려고 했을 때, 망루가 진동했고 발치가 흔들렸다.

재빨리 망루의 난간을 잡아서 넘어지지는 않았다. 그런데 그 직후에 간헐적으로 울리는 파쇄음을 듣고 아래를 내려다보았다.

망루 기둥에 얼음창이 날아들어 점점 깎여나가고 있었다.

망루가 소리를 내며 무게를 버티지 못하고 오른쪽으로 기울기 시작했다.

"이런! 탈출해야겠어!"

망루에 걸쳐져 있는 사다리를 타고 내려가기엔 시간이 부족하다.

나는 급하게 장비 센스 구성을 변경했다.

소지 SP 17

[장궁 Lv40] [마궁 Lv23] [하늘의 눈 Lv22] [간파 Lv34]

[준족 Lv26] [마도 Lv27] [대지속성 재능 Lv9] [부가술사 Lv3]
[조교 Lv34] [요리인 Lv15] [물리공격 상승 Lv21] [염동 Lv3]

대기
[활 Lv55] [조약사 Lv20] [조교 Lv35] [연금 Lv47] [합성 Lv46]
[조금 Lv38] [생산직의 소양 Lv23][수영 Lv18] [언어학 Lv28]
[등산 Lv21] [신체내성 Lv5] [정신내성 Lv4] [선제의 소양 Lv11]
[급소의 소양 Lv10]

———

"늦지 마라! ——《키네시스》!"

오른쪽으로 기울기 시작했고 무게 때문에 가속하기 시작한 망루에서 뛰어내렸다.

망루의 붕괴에 휘말리지 않게끔 멀리 뛰기 위해《염동》스킬로 몸무게를 가볍게 만든 뒤 공중으로 몸을 날렸다.

(진지를 지키던 다른 아군들은 무사하구나. 아니…… 내가 무사하지 않겠는데?!)

진지 바깥으로 몸을 날리며 낙법 자세를 취하고 나무 사이로 곤두박질쳤다.

가지와 나뭇잎이 쿠션처럼 나를 받아주었지만, 기세를 완전히 죽이지 못하고 가지를 부러뜨리며 떨어진 뒤 마지막에는 천천히 지면으로 낙하했다.

"으…… 아야…… 방금 떨어져서 점수를 5나 잃었네."

가지에 긁힌 곳과 낙하의 충격으로 인해 대미지 판정이 생긴 모양이었다.

하지만 그대로 지면에 내동댕이쳐졌다면 더 안 좋은 상황에 빠졌을 것이다.

『윤 언니! 괜찮아?! 망루가 쓰러지는게 보였는데!』

"망루가 파괴되었어. 이제 진지에서 원호사격을 날릴 수가 없겠는데."

그리고 망루를 파괴한 마법사가 있는 쪽으로 쓰러졌기 때문에 들키기 전에 도망치거나 진지에 있는 아군과 합류하거나, 빠르게 결단을 내릴 필요가 있다.

"일단 점수를 회복시켜야지……."

인벤토리에서 지금 포션을 꺼냈을 때—— 들고 있던 포션에 물덩이를 맞아 떨어뜨렸다.

"——차가워! 뭐야?!"

빠르게 날아온 물덩이를 오른손에 맞은 뒤 날아온 방향을 반사적으로 돌아보았다.

"……대충 짐작하고 있긴 했는데, 세이 누나. 거기 있지?"

그리고 세이 누나가 모습을 드러냈다.

"후훗, 윤. 금방 찾아내는구나."

세이 누나는 기쁜 듯이 미소를 짓고 있었지만, 지금은 전투 중이기 때문에 나는 허리를 숙이고 다음 행동을 취할 수 있게끔 준비했다.

"수속성 마법을 날리길래 아마 세이 누나일 거라 생각

했지."

"그렇구나. 좀 더 숨어서 대미지를 입힐 생각이었는
데——."

세이 누나는《미라쥬 미스트》를 응용한 잠복 기술을 풀고
지팡이 끄트머리를 내게 향했다.

"——《그람 소드》. 자, 윤은 여기서 탈락해줘야겠어."

그리고 힘차게 한 발짝 내딛는 세이 누나를 보고 나
는—— 도망쳤다.

●

등을 돌려 온 힘을 다해 뛰어가기 시작한 나를 보고 세이
누나는 물의 칼날이 돋아난 긴 지팡이를 겨누고 쫓아왔다.

"윤, 도망치기만 하면 이길 수 없어!"

그렇게 말하는 세이 누나를 돌아보고 속사와 이동 사격
기술을 구사하여 화살 세 개를 날리자 세이 누나가 휘두른
지팡이에 달려 있던 물의 칼날에 맞아 떨어졌다.

"큭!"

"윤이 덤비지 않으니 내가 갈게. ——《아쿠아 배럿》!"

세이 누나가 휘두른 지팡이에서 날아온 물덩이 두 발을
등에 맞은 나는 앞으로 넘어졌지만, 바로 일어나 다시 도망
치기 시작했다.

남아 있는 내 점수는 21점. 그에 비해 세이 누나는 30점,

완전히 열세다.

(——그래도, 생각해라. 세이 누나가 싫어하는 거.)

플레인에게 배운 대인전의 요령. 그리고 지금 느끼고 있는 세이 누나의 위화감.

나를 쓰러뜨리려면 마법과 [지연] 센스를 조합해서 수십 발의 마법을 날리기만 하면 끝난다.

하지만 그러지 않고 산발적으로 마법을 날리기만 하고 있다.

MP를 어느 정도 아껴두고 종반전 때 쓰려는 마법이 있는 건가?

그렇게 생각하니 이렇게 산발적으로 공격하는 것도 납득이 되었다.

그렇다면——.

"——《연사궁 · 2식》!"

"어설퍼! ——《아쿠아 배럿》!"

나는 중거리에서 연사 스킬을 사용했고, 세이 누나가 그것을 마법으로 요격했다.

내가 날린 두 개의 화살이 마법으로 상쇄되었고, 아츠의 경직 시간 때문에 나는 물덩이를 몸에 맞았다.

"큭!"

급소에 맞지는 않았지만 점수가 줄어들었고, 초급 스킬이기 때문에 경직 시간이 금방 풀렸다.

반사적으로 다시 도망친 직후, 내가 있던 곳에 물덩이가 날아들었지만 운 좋게 피할 수 있었다.

좀처럼 벌어지지 않는 거리. 근거리에서는 물의 칼날이 달린 지팡이에 베일 테고, 중거리에서는 활과 마법으로 맞서면 지게 된다.

원거리에서 우위를 점하고 싶지만 세이 누나가 거리를 좁혀서 그러지 못하게 만든다.

다시 말해 나와 원거리에서 맞서는 것이 세이 누나가 싫어하는 것—— 그런 생각이 들자 자연스럽게 미소가 번졌다.

"윤, 무슨 생각을 하는 거야? 궁지에 몰린 상황인데."

세이 누나가 멈춰서서 경계했다.

한순간, 세이 누나의 표정에 초조함이 드러난 것을 느끼고 나는 내 얼굴을 쓰다듬었다.

"웃고 있어. 그렇구나, 웃고 있구나."

솔직히 아무런 타개책도 없이 그저 웃었을 뿐이다.

그것만으로도 세이 누나는 나 말고 주위까지 경계하기 시작했다.

——이것이 대인전에서 정신적으로 우위를 점하는 거구나.

나는 그저 웃었다. 그러기만 해도 조금씩 나를 쫓아오던 세이 누나와의 거리가 벌어졌다.

그리고——.

"——윽?! 사라졌어!"

세이 누나가 다른 곳으로 의식을 돌린 순간, 인벤토리에서

새까만 외투를 꺼내 그 외투를 걸치며 뛰어가기 시작했다.

방어구의 [인식 방해] 효과를 고려하며 나무 그늘에 몸을 숨겼다.

"아~, 윤을 놓쳐버렸네. 곤란한데. 나는 [발견] 계열 센스가 없어서."

그렇게 중얼거리는 세이 누나의 목소리를 들으며 나는 화살을 날렸다.

"꺄악?! ──《아쿠아 배럿》! ……빗나갔네."

측면에서 날아온 화살을 오른팔에 맞은 세이 누나는 반사적으로 마법을 날렸지만 나는 이미 그곳에 있지 않았다.

리리에게 망루를 만들어달라고 부탁했고, 클로드에게 부탁한 것은 방어구를 강화시키는 것과 이 외투였다.

CS No.6 오커 크리에이터 [외투]
DEF+43 추가효과 : DEX 보너스, 자동 수복, 인식 방해

몽환의 주민 [액세서리]
DEF+5 MIND+7 추가효과 : 인식 방해, 소음기능

셰이드 결정수 잎을 졸여서 만든 [셰이드 진한 녹색 염료]로 [인식 저해] 효과를 부여할 수 있었다.

그리고 강화 소재인 [암자의 진흙]과 조합해서 사용하자 [인식 방해]로 강화되었다.

클로드에게 오커 크리에이터를 염색해달라 하고, 은밀성과 소음성을 보완하기 위해 외투도 만들어달라고 했다.

(상대방이 센스가 없는 플레이어라 해도 계속 바라보면 숨을 수 없는 게 [인식 저해] 계열의 단점이지.)

[소음 기능]의 효과로 혼잣말이 외투 안쪽에서만 들렸다.

[인식 저해] 계열의 효과는 뤼이의 환술처럼 자취를 감추는 것뿐만이 아니라 인식하기 힘들어지는 효과가 있다.

그로 인해 [인식 방해]를 발휘하기 전부터 계속 바라보고 있으면 효과가 약해진다.

하지만 세이 누나가 주위를 경계하기 시작했기에 생긴 한 순간의 틈을 이용해 시야에서 벗어날 수 있었다.

그리고 이 우위를 잃기 전에 다음 수를 썼다.

(센스는 [활] 계열 센스로 삼중 장비. 그리고 [물리공격 상승], [선제의 소양], [급소의 소양]을 장비하고…….)

그런 다음 인벤토리에서 꺼낸 것은 까맣게 칠해진 화살이었다.

암살자의 독화살 [소모품]
ATK+7 추가효과 : 독3, 인식 저해

철 화살에 [셰이드 진한 녹색 염료]와 [독4] 상태이상약을 합성시켜 만든 특제품이다. 몇 개 되지 않는 화살 중 하나를 세이 누나에게 날렸다.

"큭?! 독화살!"

등에 화살을 맞은 세이 누나는 삼중으로 장비한 활 센스의 넉백 효과로 인해 앞으로 쓰러졌다.

뒤에서 급소를 노린 선제 공격을 맞고 센스의 보조 효과까지 합쳐져 세이 누나가 3점을 잃었다.

하지만 바로 일어서서 근처에 있던 나무를 등지고 사각에서 날아드는 공격을 경계했다.

그런 다음 독 상태를 회복시키기 위해 상태이상 회복약을 사용했다.

그동안 독의 지속 대미지로 인해 2점을 더 잃은 세이 누나.

"윤, 암살자로 전향했구나. 뭐, 제일 그럴싸한 센스 구성이긴 한데, 힘들겠어."

(계속 그런 말을 들었으니까. 역시 뮤우와 세이 누나, 타쿠의 의견이 맞았어.)

소음 효과가 있는 외투 안쪽에서 혼잣말을 한 뒤 다시 암살자의 독화살을 겨누었다.

세이 누나는 사용하는 마법의 양을 조금 더 늘렸는지 물덩이 세 개, 방어용 물방패 하나를 만들어낸 뒤 내가 행동하기를 기다렸다.

그래서 나는 화살을 쏘는 것과 동시에——.

(——《봄》!)

"꺄악?! 큭! 화살도!"

나는 [하늘의 눈] 센스와 조합하여 지속성 마법인 《봄》으로 좌표 폭파를 날렸다.

약한 마법이지만 멈춰서서 경계하고 있던 세이 누나에게 제대로 들어갔다.

지연시켜 두었던 마법이 취소되었고, 자세가 무너진 틈을 타 암살자의 독화살로 추격타를 날렸다.

독의 지속 대미지까지 합쳐지자 세이 누나의 점수가 19점으로 줄어들었다.

(여기서 세이 누나를 잡아두면 그것만으로도 미카즈치네 전력이 떨어지겠지.)

세이 누나는 다시 아이템을 써서 상태이상을 치료한 다음 바로 지급 포션으로 줄어든 HP까지 회복시키려 했지만──.

(회복시키게 하진 않을 거야. ──《봄》.)

나는 세이 누나가 지급 포션을 인벤토리에서 꺼낸 순간 세이 누나의 손 근처에 폭발을 일으켜서 포션을 파괴했다.

"당한 대로 복수하다니, 운도 꽤 하는구나."

회복시키면 위험하고, 내가 당한 공격을 그대로 돌려줬을 뿐이다.

"아~, 미카즈치? 미안해."

뭔가 포기한 듯한 분위기를 풍기는 세이 누나가 프렌드 통신으로 미카즈치와 이야기를 나누고 있는 것 같았다.

"작전을 위해서 MP를 아껴두는 것 말인데, 좀 힘들 것 같아."

역시 MP를 아껴두고 있었구나. 이야기의 내용을 통해

그렇게 추측하고 세이 누나가 이제 큰 기술을 쓰리라 예측했다.

"그래, 그래. 윤은 반드시 쓰러뜨려야만 해. 증원이 오면 상태이상에 걸려서 아군끼리 싸우게끔 유도해버릴 테니까 안 돼."

세이 누나는 내 생각을 읽고 있었다.

[혼란]이나 [분노] 상태이상약을 합성시킨 화살도 준비해 두었는데, 써먹지 못하게 되니 아쉽다.

"그럼 운 좋게 윤을 쓰러뜨리면 다시 만나자."

그렇게 말한 다음 프렌드 통신을 마쳤는지 한숨을 길게 내쉬는 세이 누나.

"간다, 윤."

세이 누나가 그렇게 말한 것과 동시에 나도 움직였다.

(그렇게 할 순 없지! ──《봄》!)

나는 세이 누나의 행동을 방해하기 위해 사격과 《봄》 좌표 폭파를 동시에 가했다.

"크윽──《다이아몬드 더스트》!"

세이 누나는 지근거리에서 일어난 폭발을 견뎌내고 마법을 발동시켰다.

세이 누나를 중심으로 단숨에 지면이 하얗게 얼어붙기 시작했다.

날아간 화살까지 포함하여 범위 안에 있던 오브젝트가 하얗게 얼어붙은 뒤 서서히 무너져 내리기 시작했다.

주위에 있던 나무들이 무너져내린 은빛 세계 안에서 숨을 곳을 잃은 나는 어쩔 수 없이 모습을 드러냈다.

"겨우 찾았네. 윤."

"세이 누나……."

부서진 얼음 조각이 휘날리며 내 몸에 닿아 대미지를 입혀서 점수가 12점까지 줄어들었다.

하지만 세이 누나의 얼마 남지 않은 MP로는 상급 마법을 쓰더라도 한 발이 한계일 것이다.

나도 세이 누나를 쓰러뜨리기 위해 장궁을 겨누었다.

"──《메일 슈트로……》."

세이 누나의 마법이 완성되기 직전에 머리 위에서 화살 한 발이 떨어져서 어깨에 꽂혔다.

"……시간, 차."

좀 전처럼 공격을 견뎌내며 마법을 쓰지 못하고 세이 누나가 쥐고 있던 긴 지팡이가 손에서 미끄러져 떨어졌다.

"──《마궁기·환영의 화살》!"

그리고 내가 날린 화살이 붉은 꼬리를 길게 늘어뜨렸고, 그 꼬리에서 갈라져 나온 마법의 화살 네 개가 세이 누나에게 날아들었다.

"큭, 꺄아악──!"

《마궁기·환영의 화살》은 GVG의 규칙에 따라 효과적인 다단계 아츠이고, 화살 다섯 발에 각각 공격판정이 있다.

지근거리에서 폭발을 일으켜 눈을 돌리게 하고 머리 위로 날린 [마비] 합성 화살로 움직이지 못하게 하는 것이 내 작전이었다.

아츠를 사용한 다단 공격이 세이 누나의 점수를 깎아내며 1점으로 줄였다.

하늘을 보고 쓰러져 [마비] 때문에 움직이지 못하는 세이 누나에게 내가 다가갔다.

"져버렸네."

"정면으로 맞붙어서 싸우고 싶지 않아서 이런 방식으로 싸웠어. 세이 누나, 미안해."

"윤이 사과할 필요는 없어."

조용히 미소를 짓는 세이 누나를 보고 문득 든 의문에 대해 말했다.

"세이 누나는 왜 나를 노린 거야?"

"윤이 망루에서 원거리 사격을 날리고 있었지? 그래서 윤을 내버려 두면 장기적으로 볼 때 우리가 불리해질 것 같았거든."

"그렇구나. 그렇게 말해주니 그 작전을 생각해낸 보람이 있네."

나는 쑥스러워서 웃으며 [마비]로 인해 움직이지 못하는 세이 누나 옆에 쪼그려 앉았다.

"그럼 세이 누나는 탈락해줘야겠어."

"응. 윤도 열심히 하렴."

나는 허리의 벨트에서 식칼을 꺼내 세이 누나의 팔에 끄트머리를 살며시 찔렀다.

그리고 나머지 점수가 0점이 되어 빛의 입자로 변해 강제 전이되는 세이 누나를 바라보았다.

"……아직 GVG는 끝나지 않았어."

나는 인벤토리에서 지급 포션을 꺼내 점수를 17점으로 회복시키고 서둘러 클로드 일행이 습격하고 있는 거점으로 향했다.

눈에 띄지 않게끔 숲속에 숨어 살펴보니 탁 트인 곳에서 벌어지고 있는 전투는 혼전 상황이었다.

15분도 남지 않은 상황에서 양쪽 다 온 힘을 다해 공격을 가하며 1점이라도 더 상대의 점수를 줄이기 위해 분발하고 있었다.

클로드는 흩뿌리는 듯이 암속성 마법을 날렸고, 뮤우는 전장을 달리며 아직 회복마법을 받지 않은 아군들에게 회복마법을 사용했다.

미카즈치 일행 쪽에서는 집단으로 잘 뭉쳐 점수가 극단적으로 줄어든 아군을 뒤로 물러나게 한 뒤 [위생병]에게 회복시킨 다음 다시 내보냈다.

"내가 할 수 있는 건 회복시키기 전에 쓰러뜨리는 것."

활에 화살을 메기고 회복받기 위해 후방으로 물러나는 미카즈치 쪽 플레이어를 사격했다.

바로 옆에서 기습적으로 날아든 새까만 화살을 맞은 그 플레이어는 독 상태이상을 미처 대처하지 못하고 곧바로 탈락했다.

혼전 중에 나를 알아보는 사람이 별로 없는 상황에서 후방으로 물러나는 적군 플레이어를 노려서 쏘았다.

그 플레이어는 내가 활을 쏜 것을 눈치챘지만, 소리를 지르기 전에 두 발째 화살을 맞고 쓰러졌다.

한 명씩 꼼꼼하게 급소를 노려 점수를 대폭으로 깎고, 아군 플레이어 쪽으로 원호사격을 가해 상대방의 큰 기술을 중단시킨다.

"숲속에서 저격하고 있다! 모두 조금씩 후퇴해!"

다섯 명 정도 탈락되자 미카즈치도 이상하다는 것을 눈치챘는지 숲속에서 날아드는 공격을 경계하기 시작했다.

미카즈치네 그룹은 그 지시를 충실히 따라 조금씩 후퇴하기 시작했고, 이쪽에서는 클로드가 추격하지 않게끔 지시를 내렸다.

현재 GVG 상황은──.

우리 그룹의 점수── 142점.

미카즈치 그룹의 점수── 119점.

남은 시간은 10분도 안 되기에 상대 진지를 점령해서 승리 조건을 달성하는 것은 양쪽 다 불가능했고, 상대 그룹을 전멸시키기에도 시간이 부족했다.

그리고 나머지 점수는 우리 쪽이 우세하기 때문에 굳이 위험을 무릅쓸 필요는 없다.

그래서 클로드는 함부로 추격하지 않고 그대로 시간이 다

되기를 기다리려는 모양이었다.

"흐음. 이제 패배를 인정—— 아니, 이런! 모두 미카즈치 일행을 공격해라! 회복할 틈을 주지 마!"

"눈치채봤자 이미 늦었어! 모두 포션을 써라!"

미카즈치의 지시에 따라 남아 있던 플레이어들이 지급 포션을 꺼내 사용하려 했다.

아슬아슬한 마지막 순간까지 불리한 척하며 아껴두었던 지급 포션으로 단숨에 점수를 회복시켜 역전한다.

제한 시간이 1분 정도 남은 시점에서 그 행동에 반응할 수 있는 사람은 별로 없었다.

"——《존 봄》!"

하지만 나는 그 순간을 기다리고 있었다.

숲에 숨어서 조금씩 상대방의 점수를 깎아내며 끝까지 방심하지 않고 전황을 [하늘의 눈]으로 계속 살펴보고 있었다.

세이 누나가 지급 포션을 사용하는 것을 방해했을 때부터 그 가능성을 염두에 두고 있었다.

그리고 그 예감이 맞아들었다. 상대 그룹의 플레이어들이 꺼낸 지급 포션을 기점으로 수많은 《봄》이 폭발했다.

"——뭐?!"

회복을 전부 방해할 수는 없었지만, 좌표 폭파로 인해 약간의 대미지를 입힐 수 있었다.

그리고 부저음이 울리는 것과 동시에 GVG가 종료되었고, 결과가 떴다.

[잔여 점수 : 142 vs 139—— 승자 : 클로드 그룹]

    양쪽 그룹에서 잠시 침묵이 흐른 뒤—— 우리 그룹 플레이어들이 승리의 환호성을 질렀다.

    그중에는 내 목소리도 섞여 있었고, 나는 숨어 있던 숲속에서 뛰어나와 근처에 있던 아군과 하이파이브를 했다.

    "뮤우!"

    "윤 언니!"

    "해냈어! 우리들이 해냈다고!"

    "응, 미카즈치 씨와 세이 언니에게 이겼어! 이겼다고!"

    그리고 GVG 필드에서 강제 전이되어 길드 [팔백만]의 길드 홈으로 돌아올 때까지 서로 기쁨을 나누었다.

4장   지도 제작과 지하 계곡

GVG 승부가 끝나고 모든 플레이어가 [팔백만] 길드 홈으로 강제 전이된 뒤, 바로 연회로 돌입했다.

한 시간 동안 GVG 시합을 관전하던 플레이어들은 우리의 대전 동영상 리플레이를 여러 번 확인하고 자신들의 전술, 전략을 세우기 위해 이야기를 나누고 있었다.

또한 다음 시합을 대비해 그룹 멤버를 모으는 이야기가 오가는 가운데, 승자는 매우 기뻐했고 패자는 동료들끼리 반성하며 다음 승부를 준비하기 위해 친목을 다졌다.

그룹 멤버를 모으는 과정에서는 전투직과 생산직, 어느 한쪽을 더 중시하는 상황이 벌어지지는 않은 것 같았다.

아직 알아보는 단계이기 때문에 시험 삼아 그룹에 생산직을 넣어보거나 여러 종류의 생산 센스를 가진 사람들을 넣어보거나, 특정한 생산 센스를 가진 사람들을 여러 명 넣어보거나…… 그런 느낌으로 시행착오를 겪고 있는 모양이다.

우선 원래 목적이었던 GVG에서 생산직으로서의 지침을 보여줄 수 있었던 것 같다.

"휴우, 피곤하다. 이제 두 번 다시 하고 싶지 않아."

"나도 암살자 윤하고는 맞서고 싶지 않아. 아군이라면 든든하겠지만."

"세이 누나, 나는 생산직이야. 암살자가 아니라고."

135

세이 누나에게 따졌지만 세이 누나는 미소를 지으며 흘려 넘겼다.

GVG를 마치고 나와 세이 누나는 나란히 앉아 연회장으로 변한 [팔백만]의 길드 홈 구석에서 느긋하게 시간을 보냈다.

나와 세이 누나의 전투를 봤는지 관전하던 플레이어들이 말을 걸었고, 그 사람들에게 웃으며 대답하고 있자니 아는 사람이 다가왔다.

"윤 군하고 세이 씨, 고생했어요. 멋진 승부였어요."

마기 씨가 파트너인 펜릴 리쿠르와 기계장치 마도인형인 루프를 데리고 왔다.

"마기 씨, 감사합니다. 그래도 익숙하지 않은 일을 했더니 피곤하네요."

그렇게 말하며 힘없이 웃는 나를 보고 마기 씨가 살짝 쓴웃음을 지었다.

그리고 세이 누나는 그런 마기 씨 옆에 서 있던 기계장치 마도인형인 루프에게 흥미가 생긴 모양이었다.

"마기. 그 애가 유명한 기계장치 마도인형이야? 귀여운 애네."

『처음 뵙겠습니다. 윤 님의 언니분. 저는 마스터의 충실한 종업원이고, 이름은 루프라고 합니다.』

메이드 로봇답게 고개를 숙이자 루프의 목덜미에 꽂혀 있던 태엽이 보여서 플레이어나 NPC와는 다른 존재라는 것이 강조되었다.

그리고 고개를 든 루프는 무표정하지만 왠지 주인인 마기 씨를 자랑하는 것처럼 가슴을 펴고 있었다.

"우리 길드 애들 사이에서도 화제가 되었는데, 마기. [기계장치 마도인형]을 만들 수 있어? 참 귀엽네."

"음~. 필요한 아이템이 있는데 들어보실래요?"

"자세히 말해줬으면 좋겠어."

[기계장치 마도인형]에 흥미가 생긴 세이 누나는 마기 씨에게 맞은편에 앉으라고 권한 뒤 이야기를 듣기 시작했다.

나는 조용히 세이 누나와 마기 씨가 주고받는 이야기에 귀를 기울이면서 GVG로 인해 생긴 피로와 연회의 떠들썩한 소리에 몸을 맡기고 어깨를 늘어뜨리고 있었다.

"그런데 세이 씨는 [기계장치 마도인형]을 어떤 용도로 쓰실 생각이세요? 전투용? 사무용? 아니면 관상용?"

"음…… 관상용이려나."

고개를 갸웃거리면서 곤란하다는 듯이 미소를 짓는 세이 누나.

OSO에서 가장 큰 길드인 [팔백만]의 부길마가 만든다고 하니 길드 홈을 관리하는 사무용 [기계장치 마도인형]을 만드나 싶었는데 설마 관상용일 줄이야.

"우리 길드 생산직들이 마기의 루프를 보고 옷을 갈아입히고 싶다, 꾸며주고 싶다, 그렇게 생각하는 모양이라……."

실제로 [재봉] 계열 생산직들이 떠들썩한 연회의 분위기를 이용해 다른 플레이어들을 부추겨서 자신들이 만든 장비를 입히며 패션쇼 같은 것을 진행하고 있었다.

지금도 [팔백만]에서 GVG를 관전하고 있던 뮤우 파티 멤버들이 뮤우와 주위 사람들에게 등을 떠밀려 귀여운 옷이나 코스프레 같은 장비를 입은 채 걸어다니고 있다.

"봐, 저런 느낌으로 입어주는 모델이 필요한 모양이야."

"그렇군요. 뭐, 루프를 빌려드리진 못하지만 만드는 걸 돕는 건 상관없어요. 하지만 수리하려면 소재 말고도 [대장]이나 [세공] 센스가 필요하거든요."

"그쪽은 기술 쪽으로 흥미가 있는 애도 있으니까 문제 없어."

그렇게 이야기가 정리되었고, 마기 씨가 [기계장치 마도인형] 관련 정보를 제공하는 대신 세이 누나가 희귀 광석을 채굴할 수 있는 에리어에서 호위를 맡기로 했다.

그리고——.

"윤도 루프를 함께 수리했지. 도와주면 기쁠 것 같은데?"

세이 누나는 옆에서 조용히 앉아 있던 내게 말을 걸었다.

"저기…… 같이 수리하긴 했지만 내가 없어도 괜찮을걸?"

"[기계장치 마도인형]의 파츠를 모아야 하잖아? 아마 내가 모으면 시간이 오래 걸릴 거야. ……주로 드롭 운 때문에."

그렇게 쓸쓸한 느낌으로 중얼거리는 세이 누나.

세이 누나는 게임 아이템 운이나 드롭 운이 안 좋다. 이른 바—— [물욕 센서]라는 것을 가지고 있는 것 같다.

결국에는 확률 범위 안에서 작용되는 악운이지만 그래도 지금까지 겪었던 징크스 때문인지 나올 확률이 적은 아이템을 모으는 것에는 소극적인 것 같다.

"뭐, 물욕 센서 때문이라면 알겠어. 도와줄게."

"윤! 고마워! 길드 쪽에서도 채굴을 도울 플레이어를 모을 거고, 파츠를 얻을 때마다 대금을 지불할게."

"뭐, 그 정도면 괜찮겠는데? 황야 쪽 탐색도 아직 충분히 하지 못했으니까."

부탁받은 내용이 내 특기인 아이템 채집과 채굴이었기 때문에 순순히 받아들였다.

나와 세이 누나, 마기 씨는 그렇게 [기계장치 마도인형] 이야기를 하면서 연회장 구석에서 시간을 보냈고, 밤이 깊어지기 전에 나이가 어린 플레이어들은 한두 명씩 로그아웃하기 시작했다.

그리고 나중에──.

"여, 아가씨. 오늘은 잘 부탁해!"

"[채취]하고 [채굴]을 할 수 있는 플레이어라고 했잖아."

"그래도 황야 에리어에 간다며? 그럼 호위할 사람이 필요할 거 아냐."

길드 [팔백만]에서 플레이어들이 오기를 기다리고 있던 내 앞에 미카즈치를 앞세우고 칼 대장장이 오토나시와 조금사 랑그레이가 나타났다.

"황야 에리어의 MOB이라면 혼자서도 쓰러뜨릴 수 있고, 이번에는 파티 리더인 아가씨 말을 잘 따를 테니까."

미카즈치가 그렇게 말했고, 그의 뒤에 서 있던 생산직 두 명을 보니 졸린 듯이 괜찮다고 대답하는 오토나시와 곤란하다는 듯이 고개를 끄덕이고 있는 랑그레이가 있었다.

던전 [귀인의 별장] 보스 MOB과 연달아 싸워 레벨을 올리거나 아레나에 도전했던 것처럼 황야 에리어의 MOB을 잡으며 레벨을 올리거나 힘든 전투에 휘말리지만 않으면 괜찮겠다는 생각이 들었다.

"그럼 미카즈치. 오늘은 잘 부탁해."

"나야말로 안내 잘 부탁해. 아가씨."

"잘 부탁해~."

"나하고 오토나시는 황야 에리어에 처음 도전하는 거니까 잘 부탁해."

그렇게 말하며 서로 인사를 나누었다.

왠지 임시 파티라도 짠 것 같은 분위기네, 그런 생각이 들었다.

"그럼 황야에 [채취]하고 [채굴]을 하러 갈까."

내 말을 듣고 창가에서 햇빛을 쬐고 있던 뤼이가 일어났고, 자쿠로가 지정석인 내 후드 안으로 들어왔다.

나는 세 사람을 [아트리엘]의 공방으로 안내하고 설치해 둔 미니 포탈을 통해 미궁거리로 전이한 뒤 그곳에서 남쪽에 있는 황야 에리어로 향했다.

"우리가 찾는 [기계장치 마도인형]의 파츠는 유적 오브젝트 안에 있는 채굴 포인트에서만 얻을 수 있으니까 우선 그쪽으로 가자."

그렇게 말하자 오토나시와 랑그레이가 말없이 각자 삽과 피켈을 꺼내며 의욕을 보였다.

아직 필요하진 않지만 그 의욕을 보고 쓴웃음을 지으며 나는 미카즈치 일행과 황야에서 어떻게 행동할지 의논했다.

"전투는 최대한 피해서 가는 게 낫겠지? 모두가 탈 수 있는 사역 MOB을 가지고 있으면 뛰어다닐 수 있긴 한데……."

"그건 어쩔 수 없지. 아가씨가 탐색을 해주면 적은 다 내가 쓰러뜨릴 거니까."

그렇게 말하고 육각곤으로 어깨를 두드리며 대답하는 미카즈치.

나는 미카즈치가 한 말을 믿고 황야 에리어로 들어가기 시작했다.

식물이 별로 없는 적갈색 대지에서는 땅속이나 지상, 하늘 위에서 적이 습격해 온다.

저번에 왔을 때는 그 사실을 미리 알아차리고 전투의 주도권을 쥔 채 싸웠는데——.

"——으랴아아아아아앗!"

미카즈치가 육각곤을 위로 크게 휘둘러 땅바닥을 내리치자 그 충격으로 인해 땅속에 숨어 있던 [바늘 함정 두더지]가 허둥대며 뛰쳐나와서 미카즈치에게 얻어맞고 쓰러졌고——.

"어설프군! 하앗!"

머리 위에서 습격해온 소닉 콘돌이 돌격하며 몸에 두른 바람의 장벽을 그가 카운터로 찔러 중심을 뚫어서 파괴한 뒤 지면에 내동댕이쳤다.

"느려! 느리다고! 연계하며 날아드는 게 너무 느려!"

황야 에리어를 돌아다니고 있어서 저번에 우리가 최대한 피했던 [스캐빈저 하이에나] 무리를 단숨에 쓰러뜨렸다.

게다가——.

"이 녀석은 혼자서 잡기 힘들겠는데. 아가씨! 온 힘을 다해 지원해주고 숨어 있어!"

"아가씨라고 부르지 마! 정말, 도망쳐도 따라잡힌다는 건 알고 있다고! 《인챈트》—— 어택, 디펜스, 스피드! 《엘레멘트 인챈트》—— 웨폰!"

미카즈치에게 삼중 인챈트를 걸고 바람의 속성석을 부숴서 미카즈치의 육각곤에 풍속성 인챈트를 부여했다.

"이 녀석하고 일대일 대결을 벌일 기회가 별로 없거든! 나를 즐겁게 해달라고!"

『——KUUUUURRRRRAAAAAAAA!』

플레이어의 수십 배 크기 대형 MOB인 록 스콜피온이 휘두르는 집게를 피해 미카즈치가 달려들었다.

나는 오토나시, 랑그레이와 함께 근처에 있던 큰 바위에 숨어 즐겁다는 듯이 록 스콜피온의 갑각으로 둘러싸인 다리를 부러뜨리고 바위에 달라붙은 갑각을 육각곤으로 쳐서 파괴하는 미카즈치를 바라보았다.

"미카즈치…… 전보다 더 강해진 거 아냐?"

"뭐, 미카즈치 씨니까."

"우리가 이해할 수 있는 범주를 넘어선 사람이니까."

미카즈치 혼자서 록 스콜피온의 어그로를 끌고 있었기에 우리는 기본적으로 안전하다.

하지만 가끔 록 스콜피온이 들어 올린 꼬리 끝에서 날리는 독액에 맞지 않게끔 바위에 숨어 있고, 전투를 보고 다가온 다른 MOB에게 들키지 않게끔 방어구의 [인식 방해] 효과나 뤼이의 환술로 피했다.

그리고 10분이 지나자 미카즈치에게 두들겨 맞고 쓰러진 록 스콜피온이 빛의 입자로 변해 사라졌다.

"뭐야, 아가씨의 보조를 받으니 그냥 강한 MOB 정도밖에 안 되네."

"그런 평가를 내릴 수 있는 건 미카즈치 씨뿐인데."

"그렇지. 그건 됐고 얼른 윤이 말했던 유적 오브젝트로 가자고."

이미 익숙한지 오토나시 랑그레이는 신경 쓰지 않고 출발하려 했다.

"진짜 뭐냐고. 대체……."

나는 저번에 필사적으로 도망쳤던 적을 정면으로 맞서 싸워 쓰러뜨린 미카즈치를 보고 혼란스러워졌다.

그리고 미카즈치의 활약으로 인해 비교적 안전하게 황야

를 나아가며 첫 번째 유적 오브젝트에 도착했다.

"그럼 이 안에 있는 채굴 포인트에서 잡동사니 아이템을 찾아보자. 그걸 감정하면 [기계장치 마도인형]의 파츠를 얻을 수 있으니까."

"알았어. 그럼 바로 모아보자."

"아~, [감정]할 필요가 있구나. 그럼 감정할 수 있는 생산직을 한 명 더 데리고 올 걸 그랬네."

그렇게 말하면서 세이프티 에리어인 유적 오브젝트 안을 각자 탐색하러 가는 오토나시와 랑그레이.

두 사람과 함께 [기계장치 마도인형]의 파츠를 찾기 전에 나는 따로 하고 싶은 게 있었다.

"아가씨, 어디 가?"

"황야 에리어를 좀 파악해두려고. 다음 유적 오브젝트의 방향 같은 거."

"재미있을 것 같군. 나도 가지."

그렇게 말한 뒤 비스듬하게 기울어진 유적 오브젝트의 계단을 올라가 건물 위로 향했다.

뤼이는 계단을 올라가기 힘들어서 기다리라고 했고, 자쿠로는 후드 안에 들어간 채 따라왔다.

창틀만 남은 창문에서 모래가 스며들어와 사박사박 소리가 나는 계단을 올라가서 건물 옥상으로 나왔다.

대충 높이가 10미터 정도 되려나. 리리가 만든 망루만큼 높지는 않았지만 그래도 황야 에리어에는 차폐물이 별로 없어서 넓은 범위를 둘러볼 수 있었다.

"아가씨는 여기서 뭐하는데?"

"황야 에리어의 지도를 제작할 거야. 상황에 따라서는 유적 오브젝트를 여러 번 돌아다녀야 할지도 모르잖아?"

나는 그렇게 말하고 맵핑용 종이를 꺼내 [하늘의 눈]으로 볼 수 있는 범위 안의 표지를 그려 넣었다.

채굴 포인트인 큰 바위, 세이프티 에리어인 풀밭, 무리 지어 정해진 루트를 돌아다니는 [스캐빈저 하이에나]의 루트 같은 것들을 적어넣었다.

"진짜 그런 맵핑의 정확도와 끝까지 해내는 끈기는 일종의 재능이지."

"뭐, 반쯤 취미 삼아 하는 건데. 그리고 [황야 에리어]는 바깥쪽만 탐색했거든."

저번에 마기 씨 일행하고 함께 왔을 때는 록 스콜피온에게 쫓기게 되었기에 황야 에리어의 안쪽에는 가보지 못했다.

그리고 [기계장치 마도인형]의 파츠를 모으는 작업도 며칠에 걸쳐 황야 에리어의 바깥쪽에 있는 오브젝트에서만 했고, 뮤우가 황야의 다른 지역에서 찾아낸 파츠를 사들여서 끝냈다.

"하긴, 그런 게 있으면 편리하지. 이 황야 너머에 이는 에리어에 갈 때도 도움이 될 것 같은데."

"아직 에리어의 바깥쪽만 본 거라 끝내려면 멀었어."

"그래도 황야 에리어의 지도를 만들긴 할 거지? 그럼 파츠를 모을 겸 만드는 걸 도와주마."

나는 미카즈치가 한 말을 듣고 쓴웃음을 지으며 오토나시
와 랑그레이의 의견도 듣기 위해 유적 오브젝트 안으로 돌
아와 [잡동사니]를 발굴하는 것을 도왔다.

●

"응. 괜찮지 않나? 지도가 있으면 편리하잖아."

"어차피 파츠를 모으는 작업은 나하고 오토나시만 있으면
충분하니까 윤은 미카즈치 씨하고 지도를 만들지 그래?"

뜻밖에도 쉽사리 황야 에리어의 지도 제작을 허락해준 오
토나시와 랑그레이.

이미 파낸 [잡동사니]를 인벤토리에 다 넣고 다음 유적 오
브젝트로 향할 준비를 마친 모양이었다.

"어? 그래도 돼? 파츠를 찾는 거하고는 상관도 없고, 이
런 경우에는 호위를 받는 거니까 돈을 지불해야 하는데."

"딱히 미카즈치 씨는 신경 안 쓸걸? 뭐, 그렇게 신경이 쓰
이면 완성한 지도를 복제해서 미카즈치 씨에게 몇 장 주면
되잖아."

"그 정도면 뭐—— 부탁합니다."

내가 다시 고개를 숙이자 너무 그럴 필요 없다며 쓴웃음
을 짓고 손을 젓는 랑그레이.

미카즈치는 우리가 안전하게 나아갈 수 있게끔 앞서나가

서 적 MOB을 해치우고 있다.

그리고 우리는 걸어가면서 중간에 있던 채굴 포인트에서 광석과 화석을 모았고, 세이프티 에리어인 풀밭에서 쉬면서 조금씩 지도를 만들어나갔다.

"좋아, 여기가 마지막 유적 오브젝트인가?"

"그런 모양이네. 그럼 나하고 미카즈치는 지도를 그릴 거니까 오토나시하고 랑그레이는 파츠를 모아줘."

두 사람에게 파츠 모으기 작업을 맡기고 나와 미카즈치는 좀 전과 마찬가지로 유적 오브젝트 위쪽으로 올라갔다.

"여기에서는 황야 에리어의 경계가 보이네."

나는 그렇게 중얼거리며 주위에서 표지가 될 만한 오브젝트를 지도에 그려 넣고 남쪽을 보았다.

남쪽으로 갈수록 황야의 적갈색 대지가 조금씩 노란색으로 바뀌고 사막 에리어가 되었다.

"저게 이 에리어의 보스구나. 처음 봤네."

그리고 미카즈치가 말한 것은 황야와 사막 경계선 앞에 있는 보스 MOB이었다.

몸통은 뱀처럼 길고, 꼬리가 있고, 상반신에는 플레이어 정도는 통째로 삼킬 수 있을 정도로 커다란 도마뱀 머리가 달려 있는 대형 MOB이 두 에리어의 경계선을 넘는 것을 방해하려는 듯이 드러누워 있었다.

그 뱀과 도마뱀의 혼합 생물은 도마뱀처럼 생긴 상반신을 일으킨 채 뱀처럼 생긴 하반신을 꿈틀거리며 움직이고 있었다.

모습이 보이긴 하지만 너무 멀어서 MOB의 이름까지는 확인할 수 없었다.

"뀨우?!"

자쿠로도 뱀도마뱀을 보았는지 깜짝 놀라 소리를 내며 두 꼬리를 내 목에 감았다.

"아~ 싸우고 싶네. 저 뱀도마뱀하고."

"저렇게 큰 걸 어떻게 쓰러뜨리게……."

움직일 때마다 모래연기가 피어오르고, 이동하는데 휘말리기만 해도 가볍게 죽어서 돌아갈 것 같은 보스와는 적극적으로 싸우고 싶다는 생각이 들지 않았다.

그런 내 말을 듣고 미카즈치는 끙끙대는 듯이 소리를 내며 생각에 잠겼다.

"그러니 여러 번 도전하면서 검증하고 돌파할 수 있게끔 열심히 싸워야 하지 않나? 그건 됐고 먼저 생각해야 할 건 황야 너머에 있는 사막 에리어지."

"그래. 사막은 덥고, 밤에는 추운 모양이니까 여러모로 준비할 필요가 있을 것 같긴 하네."

지금 있는 곳에서도 더위 때문에 사막의 경치가 일렁이는 것이 보였다.

낮에는 내열 장비, 야간에는 내한 장비, 그렇게 나누어서 쓸 필요가 있을 테니 보스인 뱀도마뱀을 쓰러뜨린다 해도 바로 들어가는 것은 힘들 것 같다.

"뭐, 지도도 다 만들었으니 오토나시와 랑그레이가 [잡동사니]를 다 모으면 마을로 돌아갈까?"

그렇게 말하고 먼저 유적 옥상에서 내려가는 미카즈치.

나도 그 뒤를 따라 내려가다가 턱에 손을 대고 들고 있던 지도를 바라보았다.

"왜? 무슨 일 있어? 아가씨."

"응. 좀 신경 쓰이는 게 있어서. 나중에 말할게."

그렇게 말한 다음 지도를 넣고 나서 아래로 내려가자 유적 오브젝트 내부에서 발굴 작업을 하고 있던 오토나시와 랑그레이가 돌아왔다.

"잡동사니는 다 모았는데, 그쪽은 어때?"

"이쪽은 아가씨가 지도를 완성시켰는데 뭔가 신경이 쓰이는 모양이야."

오토나시가 말을 걸자, 미카즈치가 내 대신 대답했다.

나는 완성한 지도를 모두가 볼 수 있게끔 펼쳤다.

"오, 이게 완성된 지도구나. 그리고 여기가 화석이 나오는 채굴 포인트고. 화석으로 만드는 본 액세서리 재료도 채굴할 겸 또 올까?"

지도를 들여다보던 랑그레이가 조금사로서 쓴웃음을 지으며 한 말을 듣고 나는 내가 신경 쓰이던 부분에 대해 말했다.

"지도를 만들다 느낀 건데, 황야의 풀밭 세이프티 에리어는 형태가 독특해."

"독특하다고…… 뭐, 그렇군. 원형은 아닌데. 슬라임?"

"정확히 말하자면 물방울 모양이네."

미카즈치와 오토나시가 고개를 끄덕이던 와중에 나는 세이프티 에리어의 형태에 대해 느낀 점을 확인하는 듯이 말했다.

"그리고 몇 군데 안 되는 오아시스의 샘도 마찬가지로 물방울 모양이고, 물방울 끄트머리 방향에서 물이 땅속으로 사라지고 있어. 그 끄트머리를 이어나가면——."

완성된 지도에 물방울 모양 세이프티 에리어와 오아시스 끄트머리의 연장선을 그어나갔다.

그러자 선이 몇 개 만났고, 그 교차점이 일직선으로 늘어섰다.

"뭐지? 북서쪽에서 남동쪽을 향해 내려오는데?"

"황야 에리어의 물이 흘러드는 곳······인가?"

내가 자신없이 말하자 미카즈치가 흥미롭다는 듯이 지도를 보고 있었다.

"흥미로운 가능성인데. 안쪽에서 돌아갈 때 이 선 위를 찾아보는 것도 괜찮겠어."

미카즈치는 지도의 선을 손가락으로 그으며 오토나시와 랑그레이에게 물었다.

그리고 그 두 사람도 미소를 지으며 고개를 끄덕였다.

"하고 싶었던 일은 전부 다 끝났으니까 그 정도는 상관없어."

"그래. 돌아가는 길에 찾아보는 것 정도면 돈도 들지 않으니까. 그리고 만약 지하가 진짜로 있고, 거기에 포탈이 있으면 편하게 돌아갈 수 있을지도 모르니까."

미카즈치와 다른 사람들의 허락을 받고 미궁거리로 돌아가던 도중에 지도 위에 그려진 선의 끄트머리에 도착했다.

"그런데 정말 이 아래에 지하가 있나?"

"지도를 보고 왠지 의미심장하다고 느꼈을 뿐이라 없을……지도 몰라."

나는 단순한 예상, 아니 희망사항 같은 마음으로 대답했다.

그런 와중에 뤼이가 귀를 여러 번 쫑긋거리며 무언가를 감지했고, 자쿠로가 후드에서 고개를 내밀어 코를 킁킁거리며 움직였다.

"……앗, 뤼이, 자쿠로. 왜 그래?!"

"사람이 알 수 없는 것을 동물들이 감지한다는 그건가?"

후드 바깥으로 나와 앞서가는 뤼이와 자쿠로 뒤를 따라가다가 어떤 곳에서 멈춰 섰다.

"뤼이, 자쿠로, 여기야?"

"뀨우~."

자신만만하게 코로 소리를 내는 뤼이와 그 자리에서 빙글빙글 도는 자쿠로.

내가 뤼이와 자쿠로가 안내해준 범위 안에 초점을 맞추고 [간파] 센스를 사용하자 반응이 있었다.

"이 주위야. 그런데 입구가 어디 있는 거지?"

표지가 될만한 오브젝트도 없고, 그냥 평지에 희미하게

반응이 있을 뿐이었다.

그런 와중에 랑그레이가 쪼그려 앉아 지면에 귀를 가져다 댔다.

"미카즈치 씨. 이 근처 땅바닥을 살짝 두드려 봐."

"라져. 영차. 이런 느낌이면 되나?"

육각곤으로 지팡이를 짚는 듯이 지면을 두드렸다.

"소리가 울리는데. 이 아래에 빈 공간이 있는 건 분명해."

"황야의 자잘한 흙이 쌓여 있긴 하지만 건물의 일부야. 아마 유적 오브젝트와 마찬가지겠지."

랑그레이를 따라 오토나시가 지면의 흙을 손으로 털어보자 유적 오브젝트의 재질과 질감이 비슷한 지면이 나타났다.

오토나시는 오늘 하루 동안 유적 오브젝트를 여러 곳 돌아다니면서 내부에서 관찰했기 때문에 파묻혀 있는 상태에서도 바로 정체를 알아차린 모양이었다.

그리고——.

"유적 오브젝트…… 그렇다면 여기가 옥상이라 치고, 이 근처에……."

옥상에서 황야를 여러 번 내려다보았던 나는 옥상으로 나오기 위한 계단의 위치를 짐작했다.

그리고 쌓여 있던 흙을 털어내자 빨갛게 녹슨 철문을 발견했다.

"좋아, 여기가 입구다! 흡——아, 안 열리네!"

철문에 있는 손잡이를 잡고 잡아당겨서 열려고 했지만 오

랫동안 녹슬어서 그런건지, 아니면 두껍고 무거워서 그런
지 꿈쩍도 하지 않았다.

"ATK 스테이터스가 일정 이상이어야 열 수 있나?"

"좋아, 우리도 도와줄게."

녹슨 철문을 보고 오토나시가 개폐 조건을 예상했고, 랑
그레이가 철문 손잡이를 잡고 여는 것을 도와주었다.

그러자 뤼이도 내 옷 끄트머리를 문 뒤 잡아당겼고, 자쿠
로는 조금 떨어진 곳에서 응원하는 것처럼 뒷발로 서서 두
꼬리와 앞발을 흔들어 주었다.

전혀 도움이 되지는 않지만 귀엽다는 생각이 들어 오히려
힘이 빠졌다.

"좀 비켜봐. 내가 열지."

그런 우리를 보고 미카즈치가 말을 걸었다.

"미카즈치?"

우리는 손잡이를 놓고 미카즈치에게 자리를 비켜주었다.

미카즈치는 철문의 구조를 확인하기 위해 쪼그려 앉았다.

우리가 잡아당겼던 손잡이와는 별개로 손을 집어넣을 수
있는 틈새를 발견하고 그 틈이 철문 안쪽과 이어져 있다는
것을 확인한 미카즈치.

그리고 그 틈새로 육각곤을 끼운 뒤——.

"영차——."

육각곤 끄트머리를 잡고 체중을 실어 지레의 원리를 이용
해 녹슨 철문을 열었다.

""“오오, 역시 미카즈치 (씨).”""

그 광경을 보고 있던 우리가 감탄하며 미카즈치를 칭찬했다.

"이제 안으로 들어갈 수 있지? 어떻게 할래? 내가 먼저 갈까?"

"아니, 내가 먼저 갈게. [하늘의 눈]의 암시 능력도 있으니까. 자쿠로, 부탁해도 되지?"

"뀨우!"

내가 부르자 자쿠로는 지정석인 후드 안으로 달려간 뒤 조명으로 쓸 수 있는 여우불을 만들어 내서 지하에 파묻혀 있는 유적 내부를 밝게 비추었다.

"그럼 척후 역할은 맡기마. 다들 조명을 들어! 전위는 랑 그레이. 후위는 오토나시. 앞뒤로 대응할 수 있는 내가 가운데에 선다."

""“라져!”""

미카즈치와 다른 사람들도 어두운 에리어 같은 곳을 가본 적이 있는지 각자 조명으로 쓸 랜턴을 꺼냈고, 미카즈치의 지시에 따라 역할을 바로 정했다.

황야 에리어에서 [기계장치 마도인형] 파츠를 찾을 때는 내가 파티 리더로서 지휘를 맡고 미카즈치는 자유롭게 전투를 벌였는데, 어느새 미카즈치와 역할을 교대한 상태였다.

"그럼 먼저 간다."

나는 [하늘의 눈]의 암시 성능과 자쿠로의 여우불을 이용하며 파묻혀 있는 유적 오브젝트 안으로 들어갔다.

황야의 건조한 공기와는 달리 파묻혀 있는 유적 안은 습하고 쌀쌀한 바람이 불고 있었다.

"으윽, 추워! 아니, [냉기 대미지]를 받고 있잖아!"

나는 메뉴를 띄우고 방어구를 동복 사양 오커 크리에이터로 전환해서 냉기에 대처했지만, 뒤에 있던 미카즈치와 다른 사람들은 그런 준비까지는 하지 않았던 모양이다.

"어? 정말이네? 그런 준비까지는 안 했다고."

얇은 옷을 입은 미카즈치와 오토나시, 상반신에 재킷만 걸친 랑그레이는 추위를 느끼고 표정이 굳어 있었다.

"그럼 핫 드링크를 줄 테니까 그걸 마셔. 그러면 좀 나아질 거야."

일시적으로 [냉기 내성]을 부여하는 핫 드링크가 들어 있는 물통을 근처에 있던 랑그레이에게 주자 세 사람이 한데 모여 마시기 시작했다.

그동안에 파묻혀 있는 유적 오브젝트를 내려가며 계단 아래를 들여다보았는데 어두워서 잘 보이지 않았다.

"덕분에 살았어. OSO 에리어 전역에 퍼져 있던 [냉기 대미지]가 사라져서 방심하고 있었는데."

"딱히 신경 안 써도 돼. 그건 됐고 아래로 내려가자."

나는 적 MOB이나 함정 반응이 나타나지 않았기에 아래로 빠르게 내려갔다.

"오~, 이런 곳에도 채굴 포인트가 있구나. 랑그레이하고 둘이서 [잡동사니]를 찾아도 돼?"

"그럼 그밖에 뭔가 없는지 우리가 찾아볼게."

유적의 발굴을 오토나시와 랑그레이에게 맡기고 나와 미카즈치는 유적 내부의 벽을 따라가며 조사하기 시작했다.

"벽에 습기가 있는 걸 보면 역시 물이 있다는 건가?"

미카즈치는 습기가 있고 이끼가 낀 벽을 만지며 중얼거렸다. 그리고 중간에 벽이 무너져 있는 곳에 도착했다.

"아가씨. 방향은?"

"음, 물이 흘러드는 쪽으로 향하고 있는데."

방향으로 따지면 유적 오브젝트의 북서쪽 벽이 무너져 있었고, 그곳에서 습한 바람이 흘러들어오고 있었다.

"어쩔 거야? 오토나시하고 랑그레이가 올 때까지 기다릴까?"

"아니, 먼저 살펴보자."

나와 미카즈치가 그렇게 말한 뒤 나란히 벽으로 다가가서 내리막길인 구멍 너머를 들여다보았다.

그리고 거기서 본 것은—— 지하 계곡이었다.

"하하…… 설마 이런 곳을 찾아내다니."

"나도 이렇게 대단한 게 있을 줄은 몰랐어."

나와 미카즈치는 헛웃음을 지으며 지하 계곡을 둘러보았다.

어두운 지하 계곡에는 V자 골짜기가 구불구불 이어져 있는 절벽길이 있었다.

그리고 좌우의 암벽에 다리를 놓은 것처럼 돌로 된 길이 여러 개 이어져 있는 것이 보였다.

그리고 그런 지하 계곡 안을 날아다니는 박쥐형 적 MOB 이나 절벽길을 걸어가는 적 MOB도 발견했다.

그리고 아래쪽을 들여다보니 [하늘의 눈]의 암시로도 바닥이 보이지 않는 암흑이 있었다.

"……히익."

"뀨우~."

나와 자쿠로는 한심한 소리를 냈고, 뤼이도 자연스럽게 절벽길에서 거리를 두었다.

"이봐, 아가씨. 정신 차려."

"여, 여기…… 위험하지 않나?"

"뭐, 떨어지면 거의 즉사겠지. 그리고 이 아래가 나락이라면 [소생약]으로도 부활할 수 없을지도 몰라."

미카즈치도 그렇게 말하며 지하 계곡 아래를 들여다보았다.

"괜찮아. 그랜드 록을 등반할 때도 높은 곳에서 떨어지곤 했으니까. 그리고 절벽길도 있잖아. 중간에 멈추겠지. 괜찮아."

나는 자기암시를 거는 것처럼 괜찮다고 반복해서 말한 뒤 두 손으로 볼을 때리며 기합을 넣었다.

조금 무섭긴 하지만 예전보다는 성장했을 것이다.

●

"이쪽 [잡동사니]는 다 채굴했다…… 아니, 여긴 뭐야?!"

유적 오브젝트에서 잡동사니를 다 모은 오토나시와 랑그
레이가 우리를 쫓아왔다.

지하 계곡의 광경을 보고 위축되어 있던 내가 랑그레이의
말을 듣고 돌아보니 옆으로 다가온 오토나시가 항상 졸린
듯한 눈을 크게 뜨고 그 광경에 압도된 상태였다.

"여기가 황야의 물이 흘러드는 곳인가……."

그렇게 중얼거리며 지하 계곡 골짜기를 들여다보는 오토
나시 때문에 불안해하면서 미카즈치와 랑그레이가 이야기
를 나누기 시작했다.

"시간이 있긴 한데, 공략은 어떻게 할 거야?"

"나는 어느 쪽이든 상관없어. 중간에 채굴 포인트를 발견
하면 파게 해줬으면 하지만. 이런 곳에서는 보통 새로운 광
석이나 희귀한 소재가 나오곤 하니까."

그렇게 말하며 이 지하 계곡을 나아갈 계획을 짜는 미카
즈치와 랑그레이.

그 이야기를 듣고 지하 계곡에 겁을 먹고 있던 내 호기심
이 발동되었다.

"새로운 광석……."

"희귀한 소재……."

그 말을 듣고 나와 계곡 바닥을 들여다보고 있던 오토나

시가 고개를 들고 군침을 삼켰다.

만약 그런 생산 소재가 있다면 만들 수 있는 아이템의 종류가 늘어나고 생산 센스의 레벨을 올리기 편해질지도 모른다.

그런 상상을 하고 있던 우리를 보고 미카즈치와 랑그레이가 쓴웃음을 짓고 있었다.

"둘 다 가볼 생각인 모양이구나. 처음에는 겁을 먹더니, 역시 뼛속까지 생산직인데."

"으윽, 속물 같다고 생각할지는 모르겠지만…… 어쩔 수 없잖아."

"딱히 욕하는 건 아니야! 하하, 귀여운 녀석들이네!"

내가 쑥스러워서 받아치자 미카즈치가 오토나시와 함께 내 머리를 난폭하게 쓰다듬었다.

쓰다듬는 방식이 난폭하고 마구 흔드는 것 같았기에 나와 오토나시는 싫다는 듯이 그 손에서 벗어났다.

"진짜, 어린애 취급하지 말라고."

"쓰다듬는 방식이 잘못됐어."

그렇게 말하며 따지는 나와 오토나시.

그런 우리의 반응을 즐긴 미카즈치가 지하 계곡으로 나아가려 하자 옆에 있던 뤼이가 내 옷자락을 물고 잡아당겼다.

"아, 이런 곳에서는 뤼이가 위험하겠구나. ──《송환》!"

지하 계곡의 절벽길은 좁아서 뤼이가 걸어가기에는 위험했기에 소환석으로 되돌렸다.

"자쿠로는 어떻게 할래? 물어볼 필요도 없었구나."

"뀨우~."

지하 계곡을 비추기 위해 여우불을 만들고 있던 자쿠로
는 소환석으로 되돌리는 것을 거부하는 듯이 내게 꼬리를
감았다.

성수화해서 나를 도와주는 기회가 늘어난 뤼이와는 달리
자쿠로는 활약할 기회가 별로 없기에 마음을 굳게 먹은 모
양이었다.

"그래도 자쿠로는 아직 어린 동물이고 전투 능력도 낮으
니까 안전 제일이야."

"뀨우!"

"하하, 정말 어린 동물들이 잘 따르는구나. [보모 씨]라고
부르는 것도 이해가 되는데."

오랜만에 미카즈치에게 그 별명을 듣고 인상을 찌푸리면
서도 딱히 신경 쓰지는 않고 선두에 섰다.

"이 절벽길은 좁으니까. 두 줄로 서서 가볼까."

그렇게 말하며 [하늘의 눈]과 자쿠로의 여우불을 이용해
나와 미카즈치가 앞에 섰고, 그 뒤에는 오토나시와 랑그레
이가 나란히 섰다.

미카즈치와 랑그레이가 절벽 쪽으로 걸어갔고, 비교적 안
전한 벽 쪽에는 나와 오토나시가 조사를 진행하며 나아갔다.

"아가씨, 멈춰."

"어?"

미카즈치가 어깨에 손을 얹어서 멈춰 서보니 내 [간파]

센스가 반응하기도 전에 반대쪽 암벽에서 무언가가 발사되었다.

"암벽을 등져!"

미카즈치의 말에 따라 암벽을 등지자 계곡의 맞은편에서 차례차례 날아오는 공격을 미카즈치의 육각곤과 랑그레이의 주먹이 튕겨내기 시작했다.

"이건 돌팔매인가?"

휘익, 바람을 가르는 소리와 함께 맞은편 계곡에서 날아온 돌팔매. 지금 당장 날리지 못하게 박살 내고 싶지만 지하 계곡 골짜기 때문에 직접 그쪽으로 갈 수가 없었다.

"원거리 공격을 할 수 있는 아가씨하고 오토나시가 해치워!"

"알았어. ──《궁기 · 단발꿰기》!"

"──《침격난무》!"

나는 맞은편 계곡을 향해 강렬한 화살을 날렸고, 그 뒤를 이어 오토나시가 양쪽 손가락에 끼운 쿠나이를 여섯 개 던졌다. 그것들은 맞은편 암벽에 박혔다.

그러자 끝까지 모습을 드러내지 않은 채 HP를 전부 잃었는지 빛의 입자로 변해 사라지는 적 MOB.

"방금 그건 뭐였지?"

"전투 로그나 드롭 아이템으로 확인하면 되지 않을까?"

미카즈치가 그렇게 말하는 것을 듣고 나는 바로 메뉴를 확인했다.

"음, 랜드 스퀴드…… 그렇다면 육상 오징어?"

그리고 드롭 아이템을 확인해보니 메뉴 아이콘에 뜬 것은 갈색 오징어였다.

"호오, 식용 아이템인 [육지 오징어의 다리]하고 [육지 오징어의 내장]이구나. 다음에 그 다리로 한 잔 할까."

오징어 다리하고 내장…… 그냥 구워서 먹거나 양념을 쳐서 먹으면 되려나.

"먹을 수 있어? 뭐, 독을 빼면 먹을 수 있겠지."

식용 아이템이 드롭되다니, 신기하네, 그렇게 생각하면서 이번에는 기습을 당하지 않게끔 나아갔는데——.

"으악! 잡혔다!"

"그대로 움직이지 마! 하앗!"

능숙하게 의태를 했는지 암벽을 왼손으로 짚으며 나아가다 보니 미끌거리는 감촉과 함께 다가온 다리에 왼손과 왼쪽 다리를 잡혔지만, 미카즈치가 재빨리 육각곤으로 찔러 쓰러뜨렸다.

"으윽, 미끌거려서 비린내 날 것 같아……."

나는 잡힌 왼손이 기분 나빠서 그렇게 중얼거렸다.

자쿠로도 오징어의 비린내를 느꼈는지 후드 안에서 조금 정색하는 것 같았다.

"좀 팰 맛이 나는 녀석은 안 나오나?"

미카즈치가 그렇게 말하자 절벽길 앞에서 느릿느릿하게 다가온 진흙 인간형 MOB인 우즈맨이 덤벼들었다.

"하앗——《육연선타》! 아니, 뼈대가 없네."

미카즈치가 연속 찌르기 아츠를 날렸지만, 형태가 일정하지 않은 인간형 MOB인 우즈맨은 HP가 줄어들고 몸 곳곳에 구멍이 뚫려서 건너편 경치가 보이는데도 불구하고 쓰러지지 않았고, 구멍이 서서히 막히고 HP도 조금씩 회복되었다.

"미카즈치 씨, 팰 맛이 없는 녀석이 나왔는데."

"정말이네. 아니, 재생하는 건 농담할 상황이 아닌데. 이런 곳에서 장기전을 벌이고 싶지는 않다고."

졸린 듯한 오토나시가 지적하자 미카즈치가 가벼운 말투로 대답하면서도 냉정하게 적 MOB을 분석했다.

그리고 분석하고 있던 미카즈치에게 우즈맨이 팔을 크게 휘둘렀다.

"——미카즈치!"

기세가 붙은 팔이 계곡의 골짜기를 향해 후려치는 듯이 날아들었다.

팔을 휘두른 범위는 절벽길의 대부분을 뒤덮었고, 풍압이 뒤쪽에 있던 우리들에게까지 닿아서 나도 모르게 눈을 감았다.

그리고 눈을 깜빡인 다음 순간, 팔을 끝까지 휘두른 우즈맨과 그 앞에 있었던 미카즈치가 보이지 않았다.

"거짓말이지? 설마 골짜기로 떨어졌……."

"그럴 리가 없잖아! 영차!"

모습이 보이지 않는 미카즈치의 목소리가 골짜기 쪽에서

들렸다.

우리가 허둥대며 골짜기를 들여다보자 미카즈치가 절벽 끄트머리를 한 손으로 붙잡고 매달려 있는 것이 보였다.

그리고 그대로 좌우로 몸을 흔들며 기세를 붙여서 암벽 측면을 뛰어서 이동한 뒤 우즈맨의 뒤로 파고들었다.

"자, 복수다!"

미카즈치가 육각곤을 옆으로 휘둘러 우즈맨을 골짜기로 떨어뜨렸다.

그리고 우즈맨이 골짜기 중간에 있던 절벽길에 여러 번 내동댕이쳐진 뒤 아래쪽으로 굴러떨어져 보이지 않게 되자 우리 인벤토리에 드롭 아이템이 들어온 것을 확인했다.

"전투하기에는 좀 껄그럽긴 하지만 지상의 황야 에리어에 있는 적 MOB과 비교하면 약하군."

"약해서 지하에 사는 건가? 지상으로 나가면 잡아먹히니 까 여기 있는 거지."

"아니면 수분이 없어서 살지 못하는 건가?"

"흥미로운데. MOB이 독자적으로 환경에 적응했다는 것을 생각해보니까."

내가 중얼거리자 오토나시와 랑그레이도 끼어들어서 이 지하 계곡의 설정에 대한 망상 같은 것을 이야기하며 나아갔다.

이런 분위기를 지닌 에리어에 대해 생각해보니 의외로 즐거워서 미카즈치에게 전투를 다 맡기고 이야기하는데 푹 빠져버렸다.

그런데 미카즈치는 우리가 그렇게 이야기하는 것을 즐겁게 들으며 선두에서 혼자 적 MOB을 상대해 주었다.

그 뒤로 절벽 끄트머리에 몇 번 도착한 뒤 구불구불 이어진 길을 내려갔고, 가끔은 맞은편 절벽으로 이어지는 돌길을 신중하게 건너갔다.

그리고 중간에 채굴 포인트를 발견해서 나와 오토나시, 랑그레이가 번갈아가며 채굴한 결과──.

"아앗! 내 흑철제 피켈이 망가졌어?!"

"내 철제 도구로도 안 되던데. 더 랭크가 높은 금속 도구를 가져올 걸 그랬네."

"그리고 파낸 광석이── [아다만타이트 광석]인가? 이건 처음 보는 금속인데."

셋이서 겨우 파낸 금속은 겨우 39개. 그중 여덟 개가 [아다만타이트 광석]이라는 희귀 광석이었다.

하지만 광석은 다섯 개를 모아서 주괴로 만들어야 쓸 수 있기에 겨우 여덟 개를 나눠봤자 주괴로 만들 수는 없다.

충분한 양을 확보하려면 피켈을 여러 개 망가뜨려야 할 것 같다.

"아~, 은근히 충격이네."

애용하던 피켈이 망가져서 풀죽은 나.

"뭐, 도구 같은 건 언젠가 망가지는 법이지. 그건 그렇고 아가씨하고 너희들도 가끔 전투를 하면서 익숙해져야지."

"……알았어."

낙담한 나는 고개를 끄덕이면서 나타난 우즈맨을 자포자기하는 식으로 상대했다.

"──《클레이 실드》."

암벽에서 수직으로 만들어낸 클레이 실드로 우즈맨의 옆구리를 쳐서 골짜기 쪽으로 떨어뜨렸다.

그리고 인벤토리에 드롭 아이템이 추가되었다.

"……참 너무하네."

"내버려 둬. 지금은 화풀이를 하고 싶은 기분이라고."

"액션 게임에서 저렇게 방해하는 걸 본 적이 있어."

"우연이네. 나도 액션 게임에서 저거하고 비슷한 방식으로 몇 번 떨어진 적이 있는데."

약간 토라진 나는 오토나시와 랑그레이가 중얼거리는 목소리를 흘려들으며 나아갔다.

처음부터 달려오는 우즈맨은 《봄》 마법으로 움직임을 막은 다음 《클레이 실드》의 토벽으로 골짜기에 떨어뜨린다. 그다음에 나온 녀석도 떨어뜨린다, 그다음 녀석도.

그렇게 토속성 마법의 사용 횟수를 늘리자 중간에 상위 마법 스킬이 발현되었다.

"오, 《숫 봄》하고 《스톤 월》을 익혔네."

"축하해. [대지속성 재능] 센스까지 성장시켰구나."

내가 중얼거리자 미카즈치와 오토나시, 랑그레이가 축하해주었고, 시험 삼아 써본 결과──.

"유도 효과가 붙고 위력이 3할 정도 늘어난 봄하고 방어
마법의 토벽이 석벽으로 변했구나."

《숏 봄》은 적이 피한 뒤에도 약간의 유도 효과를 발휘하
기에 의외로 써먹기 편한 것 같았다.

《스톤 월》은 토벽보다 방어력과 내구도가 올라갔지만 중
간 크기 보석에 인챈트할 수가 없었다.

매직 젬을 만들려면 큰 보석이 필요했기에 마음 편히 여
러 번 발동시키기는 힘든 느낌이다.

랜드 스퀴드나 우즈맨 말고도 먼셀 배트라는 박쥐 무리
같은 MOB을 상대하며 지하 계곡을 조금씩 나아갔다.

"맞은편 골짜기에 랜드 스퀴드! 위에서 먼셀 배트가 온다!"

미카즈치가 소리치며 달려드는 적 MOB을 물리치는 와중
에——.

"어, 어어?"

머리 위에서 돌멩이가 후두둑 떨어졌기에 올려다보았다.

그리고 올려다본 곳에는 위쪽 절벽길에서 리젠된 우즈맨
이 이쪽을 내려다보는 듯이 몸을 내민 다음 곧바로 몸을 둥
글게 뭉쳐서 떨어졌다.

"윽?! ——《스톤 월》!"

몸을 둥글게 뭉친 우즈맨이 떨어질 곳을 예측한 뒤 암벽
에 수직으로 석벽을 만들어냈다.

세차게 석벽을 부수는 것이 아니라 유연한 몸이 석벽을
타고 가는 듯이 굴러가 그대로 포물선을 그리며 골짜기 밑

으로 떨어졌다.

"뭐라고 해야 하나, 진짜 신기한 방식으로 쓰러뜨리네."

투웅~, 그런 느낌으로 골짜기 밑으로 떨어지는 우즈맨을 보면서 랜드 스퀴드와 먼셀 배트를 쓰러뜨리는 미카즈치 일행.

"뭐라고 해야 하나, 이런 곳에서는 지형을 이용해서 싸울 수 있으니까 편해서 좋지."

"아가씨가 싸우는 방식을 보고 있으면 우리와는 다르다는 것을 잘 알겠어."

그렇게 말하면서 감탄하는 미카즈치.

미카즈치의 전투 방식이 힘으로 밀어붙이는 왕도 같은 전투 방식이라면 내 전투방식은 꼼수, 기책, 주위에 있는 것을 뭐든지 써먹는 사도 같은 전투 방식이다.

오토나시나 랑그레이도 생산직이지만 굳이 말하자면 왕도 같은 전투 방식으로 싸운다.

그 차이를 보고 즐거워졌는지 씨익 웃으며 선두에서 나아가는 미카즈치.

"역시 여러 가지 전투 방식을 보여주는 녀석이 있으면 즐겁지. 오, 이제야 결승점인가?"

그렇게 말하며 여러 번 구불구불한 절벽길을 내려온 우리는 지하 계곡의 커다란 동굴을 발견했다.

그곳은 세이프티 에리어였고, 전이 오브젝트인 포탈이 푸르스름한 빛을 뿜어내고 있었다.

"휴우, 겨우 도착했네. 생각했던 것보다 시간이 오래 걸 렸는데."

"그렇지. 뭐, 이 포탈을 등록하면 이번은 끝이야."

그렇게 말하며 오토나시와 랑그레이도 포탈로 다가가 바 로 등록했다.

나도 시간을 확인해보았는데 지하 계곡을 꽤 오랫동안 탐 색했던 모양이었다.

"지하 계곡은 아래로 더 이어져 있는 것 같고, 이쪽 동굴 도 신경 쓰이는데."

암벽에 뚫린 구멍 안쪽으로 이어지는 동굴을 들여다보는 미카즈치.

내가 그 동굴의 세이프티 에리어를 조사해보니 벽에 화살 표가 새겨져 있었고, 글자로 찾아낼 수 있었다.

"음…… 이 앞은 [드워프의 나라]. 우리가 내려온 곳은 [네자드 지하 계곡]이라는데."

[언어학] 센스를 장비해서 조사해보니 길을 안내하는 내 용이었다.

작은 목소리로 말해도 크게 울리는 동굴에서 미카즈치와 오토나시, 랑그레이가 내 목소리를 듣고 돌아보았다.

"[언어학] 센스를 가지고 있다는 건 알고 있었는데, 그걸 읽을 수 있구나. 역시 아가씨를 따라오길 잘했어."

그렇게 말한 미카즈치는 미지의 에리어가 아직 더 이어져 있다는 사실을 기뻐하며 시원스럽게 웃고 있었다.

"좋아! 길드 [팔백만]의 다음 원정 지역이 방금 정해졌다! 이 지하 계곡하고 [드워프의 나라]다!"

미카즈치가 그렇게 말하자 오토나시와 랑그레이가 눈을 반짝였다.

"드워프. 대장장이, 새로운 제작법……."

"그리고 조금 기술, 액세서리 제작……."

생산직인 두 사람도 드워프라는 존재의 가능성에 기대를 부풀리고 있는 모양이었다.

우선 원래 목적보다 더 많은 것을 해낸 우리는 중간 지점인 동굴의 포탈을 통해 전이해서 제1마을로 귀환하기로 했다.

5장 　목화 나무와 헤매임의 숲

　황야 에리어 아래에 존재하는 지하 계곡을 발견한 미카즈치 일행은 포탈을 통해 귀환한 뒤 길드 멤버들을 모아 조금씩 탐색하기 시작했다.

　새로운 원정을 대비하여 미카즈치 일행이 준비를 진행하는 동안 나는 길드 [팔백만]에게 호위를 맡을 정예 멤버를 빌려 마기 씨와 함께 지하 계곡에 와 있었다.

　"흐아, 여기 대단하네."

　"마기 씨, 떨어지지 않게끔 조심하세요."

　나와 마기 씨는 그렇게 말하고 [팔백만] 멤버들의 보호를 받으며 지하 계곡을 나아갔다.

　"오오, 윤 군이 말했던 것처럼 여기 채굴 포인트는 꽤 단단하네. 지금까지 썼던 것 중에서 가장 강한 피켈을 가지고 오길 잘했어."

　마기 씨는 흑철제 피켈로 단단한 채굴 포인트를 파내기 시작했다.

　이번 채굴 때 쓰다가 망가지면 교체할 생각으로 여러 개 준비한 피켈에는 [내구력 향상 (중)] 추가 효과를 부여해두었다.

　그밖에도 손가락에는 [도어부의 철륜]이라는 [채굴 보너스]가 붙어 있는 액세서리를 장비하고 있다.

　"진짜로 아다만타이트가 나왔어! 새로운 판타지 금속을

보니 주먹이 우는데!"

"그렇죠. 그리고 할 수 있다면 그 금속으로 피켈을 만들어 주셨으면 하는데요."

그렇게 말한 나는 마기 씨에게 예비 피켈을 빌려 채굴을 하고 있었다.

"그건 나한테 맡겨! 이 내구도에 특화된 피켈을 여러 개 쓰다 버리는 것보다는 더 상위 도구를 만들어서 채굴 효율을 높이는 게 더 나으니까."

그렇게 마기 씨와 함께 지하 계곡의 채굴 포인트를 차례차례 파 나갔다.

나도 [도어부의 철륜]을 장비하고 있는데, 마기 씨보다 입수하는 광석의 양이 조금 더 많다.

그 이유는 그랜드 록의 몸 안에서 퀘스트를 클리어하고 얻은 중요 아이템 [육황귀의 메달]에 붙어 있는 [채굴 성공률 2퍼센트]라는 효과 덕분이었고, 마기 씨가 부러워했다.

하지만 역시 아다만타이트 광석 같은 희귀한 광석은 둘이서 채굴했는데도 많이 얻을 수 없었다.

그리고 둘이서 채굴 포인트를 돌아다니면서 중간 지점인 포탈로 향하는 동안 호위를 맡아준 [팔백만] 정예 멤버들은 안절부절못하고 있었다.

"괜찮아. 당신들에게도 확실하게 나누어줄 테니까. 팍팍 파자!"

마기 씨가 정예 멤버들에게 윙크를 하자 [팔백만]의 정예 멤버들 중 남자들은 얼굴을 붉혔고, 여자들은 소리를 지르며 기뻐했다.

마기 씨도 참, 남자들한테 못할 짓을 하네, 나는 그렇게 생각하면서 채굴을 계속 진행했다.

중간에 쉬는 시간에 내가 [만복도]를 회복시키기 위해 샌드위치와 차를 모두에게 건넸다.

여자들은 멋지다고 감탄하며 기뻐하는 한편, 남자들의 얼굴이 또 빨개졌기에 아직도 그러나 하는 생각이 들었다.

그리고 무사히 [아다만타이트 광석]을 원하는 만큼 손에 넣은 우리는 중간 지점에 있는 포탈에 도착해서 등록했다.

그 포탈을 통해 제1마을로 귀환한 뒤 손에 넣은 광석을 나누기 위해 [팔백만]의 길드 홈에 들렀다.

"여, 아가씨들도 왔구나. 마침 잘됐네. 잠깐 이쪽으로 와봐!"

길드 홈에 있던 미카즈치가 나와 마기 씨를 보고 손짓했다.

우리는 호위를 맡아준 [팔백만]의 정예 멤버들에게 보답으로 각종 포션과 이번에 얻은 소재 같은 것들을 건넨 뒤 미카즈치에게 갔다.

"우리는 왜 불렀어?"

"아가씨들도 꽃구경 가지 않을래?"

미카즈치가 그렇게 갑자기 묻자 나와 마기 씨가 얼굴을 마주 보며 고개를 갸웃거렸다.

"또 무슨 퀘스트야? 도등화 나무 때처럼."

"아니야, 아니야. 그냥 꽃구경 시즌이 다 되었으니까. 현실보다 먼저 꽃구경을 하자는 거지."

GVG 때도 협력해주었고, 다음 원정지 후보를 찾아준 보답으로 이번 기획에 초대해주는 모양이었다.

"미카즈치. 그거 그냥 연회를 벌이고 술을 마시고 싶은 거 아니야?"

"들켰나…… 뭐, 됐어. 장소는 다이어스 수림 남동쪽 산 꼭대기야."

미카즈치는 메뉴를 조작하여 우리에게 보이게끔 스크린샷 한 장을 띄웠다.

그 스크린샷에는 저녁놀을 받고 있는 산과 그 산의 꼭대기에 하얀 목화꽃 같은 것으로 덮여 있는 나무가 한 그루 자라나 있는 광경이 나와 있었다.

"멀리서 찍은 스크린샷이야. 마침 꽃구경 시즌이니까. 이 근처는 적 MOB도 다가오지 않는 세이프티 에리어고."

산꼭대기에서 다이어스 수림의 경치를 내려다보고 근처에 있는 목화꽃 같은 나무를 바라본다…… 왠지 딱히 저기로 갈 필요는 없는 것 같은데, 소풍이라고 생각하니 나쁘지 않은 것 같았다.

"초대해줘서 고맙긴 하지만 나는 사양할게. [아다만타이트 광석] 쪽을 신경 쓰고 싶어서, 그리고……."

그렇게 말하며 거절한 마기 씨는 길드 홈 2층 쪽을 올려다보았다.

그곳에는 마기 씨가 왔다는 소식을 듣고 아래로 내려온 오토나시와 랑그레이를 포함한 [팔백만]의 생산직들이 있었다.

그들은 마기 씨에게 [기계장치 마도인형]의 수리 방법을 배우는 것을 기대하고 있었다.

"그럼 어쩔 수 없지. 그런데 윤 아가씨는?"

"아가씨라고 부르지 말라고 했잖아, 정말. 어떻게 할까."

그냥 소풍을 가는 거면 굳이 귀찮게 집단으로 행동할 필요는 없겠다는 생각도 들었다.

"이 나무가 있는 꼭대기 근처에는 포탈도 있거든. 거기를 등록하러 간다는 건 어때?"

"뭐, 그러면 참가하도록 할까?"

"좋아, 맛있는 요리를 기대하지."

나는 주먹을 쥐고 해냈다는 포즈를 취하는 미카즈치를 흘겨본 다음 바로 한숨을 쉬며 쓴웃음을 지었다.

뭐, 이번에는 보스전 같은 곳에 끌려가는 것도 아니니 가끔은 괜찮겠지, 그렇게 납득했다.

그리고 나는 그곳에서 마기 씨와 헤어져 [아트리엘]로 돌아온 뒤 미카즈치가 기대했던 꽃구경 요리의 사전 준비를 했다.

꽃구경 당일──.

"으, 히노하고 토비네는 일정이 있어서 꽃구경에 참가할 수가 없대."

"그렇구나. 좀 아쉽네."

거실에 노트북을 가져와서 토라진 듯이 화면을 바라보는 미우.

봄방학이라 해도 각자 일정이 있기 때문에 [팔백만]의 꽃구경에 참가할 수 있는 사람은 루카토뿐인 모양이었다.

"앗, 스크린샷을 부탁하네. 음──『오케이~, 내게 맡겨』……."

"미우. 나는 먼저 로그인해 있을게."

"어?! 오빠가 일찍 시작하네! 신기해!"

하긴, 항상 미우가 먼저 로그인해 있을 경우가 많아서 신기할 수도 있겠지만, 나도 준비할 게 있다.

"아니, 꽃구경을 하러 가잖아? 그래서 꽃구경 도시락을 준비해야 해. 이제 마무리만 하면 되지만."

"그렇구나! 꽃구경 도시락! 그럼 야채 고기말이도 부탁해!"

"알았어. 여유가 있으면."

"역시 오빠야! 기대할게!"

나는 그 말을 듣고 쓴웃음을 지으며 내 방으로 향했다.

그리고 방으로 들어와 VR 기어를 장착한 뒤 OSO에 로그인해서 [아트리엘] 공방에 내려섰다.

"자, 준비를 해볼까."

어제까지 어느 정도 만들어 두었기에 이제 용기에 담기만 하면 된다. 하지만 그 용기인 찬합이 아직 도착하지 않았기에 그것이 오기 전까지 뮤우가 부탁했던 야채 고기말이를 준비했다.

잘게 썬 당근과 피망 등을 돼지 뱃살에 말아 프라이팬에 굽기만 하면 되는 간단한 레시피다.

간은 소금, 후추와 불고기 소스, 그렇게 두 종류를 준비해서 다 구운 것을 비스듬하게 썰어 늘어놓으니 단면이 오렌지색과 녹색인 예쁜 야채 고기말이가 완성되었다.

"안녕하세요~. 윤찌, 찬합을 다 만들어서 가지고 왔어~."

"리리, 어서 와! 그럼 바로 담아볼까."

나는 리리가 만들어 준 옻칠한 5단 찬합에 만들어 두었던 요리를 담기 시작했다.

"윤찌, 엄청 호화롭게 만들었네! 좀 먹어도 돼?"

"남은 게 있으니까 접시에 담아줄게."

[아트리엘]의 카운터 너머로 리리가 찬합을 들여다보았기에 남은 반찬을 담아주었다.

"응? 자쿠로도 먹고 싶어? 정말, 어쩔 수 없지."

자쿠로도 내 발치로 다가와 응석을 부리는 듯이 보챘다. 그 모습이 사랑스러워서 자연스럽게 얼굴이 풀어졌다.

"자쿠로가 좋아하는 건 유부초밥 튀김이었지. 자, 먹어도 돼."

눈을 반짝이던 자쿠로가 접시에 담아준 튀김을 베어 물었다.

설탕과 간장, 미림으로 간을 한 튀김을 앞발로 누르며 먹었고, 다 먹은 뒤에도 스며 나온 즙이 묻은 발을 낼름낼름 핥고 있었다.

리리와 파트너인 네시아스도 담아준 반찬을 맛있게 먹고 있었다.

리리도 미카즈치에게 초대받았고, 가는 김에 목화 같은 나무를 조사한다는 모양이었다.

그 나무가 실제로 섬유를 채집할 수 있는 식물이라면 클로드에게 새로운 생산 소재를 제공할 수 있겠다고 생각한 리리.

"1단이 주먹밥하고 샌드위치, 2단이 유부초밥, 3단이 튀김하고 뮤우가 부탁한 야채 고기말이, 4단이 야채 무침하고 계란말이, 데친 야채, 치쿠젠니 같은 반찬, 5단이 입가심할 컷 후르츠하고 탱글탱글한 젤리. 좋아, 완성인가?"

그렇게 말하며 한 단씩 확인하고 쌓은 뒤 마지막으로 뚜껑을 덮은 다음 보자기로 싸서 인벤토리에 넣었다.

"그럼 집합장소로 가자."

"그래! 가자!"

나는 파트너인 뤼이와 자쿠로, 리리는 네시아스를 데리고 [아트리엘]에서 길드 [팔백만]의 홈이 있는 야외 훈련장으로 이동했다.

그곳에는 꽃구경 기획에 참가하기 위해 모인 길드원과 외부 플레이어들이 70명 이상 모여 있었고, 타쿠와 뮤우도 각자 몇 명의 파티 멤버들과 함께 와 있었다.

그런 와중에 집합 시간이 되자 미카즈치와 세이 누나가 단상 위에 섰다.

"초대에 응해줘서 고맙다! 오늘은 현실보다 먼저 OSO에서 꽃구경을 하려 한다. 그리고 목표로 삼은 곳은 다이어스 수림의 남동쪽 산꼭대기에 있는 나무다!"

그렇게 말하며 스크린샷을 확대하여 목화 같은 나무를 띄웠다.

"모두 함께 이곳으로 향한다. 하지만 70명이 한꺼번에 가면 [공투 페널티]가 발생할 테고, 다른 목적 중 하나로 산꼭대기에 있는 포탈을 등록하는 것도 있으니까 꽃구경과 포탈 등록, 어느 쪽을 우선해도 상관없다."

미카즈치가 하는 말에 귀를 기울이고 있던 모두에게 세이 누나가 이어서 말했다.

"그럼 출발하자. 꽃구경은 자유롭게 시작해도 상관없어."

세이 누나가 신호를 준 것과 동시에 전속력으로 길드의 미니 포탈을 향해 뛰어가는 플레이어들.

그리고 뒤처진 플레이어들은 길드 바깥으로 나가서 제1 마을 가운데에 있는 포탈로 향할 모양이었다.

그렇게까지 경쟁하면서 갈 필요는 없는 것 같은데…….

"윤찌, 우리는 어떻게 할까?"

"그냥 느긋하게 가면 되지 않을까? 목적은 꽃구경하고 포탈을 등록하는 거니까, 굳이 초조해할 필요는 없잖아."

그래서 나와 리리는 소풍을 가는 기분으로 느긋하게 안전

179

한 루트로 가면 된다고 생각했다.

"그럼 가자!"

미카즈치가 호령하는 것과 동시에 [팔백만]의 길드 홈에 설치되어 있던 미니 포탈을 통해 차례대로 제2마을로 전이하기 시작했다.

그곳에서 근교의 숲, 다이어스 수림을 지나 산꼭대기에 있는 목화 같은 나무를 향해 간다.

상위 도달자의 명령권을 욕심내는 플레이어는 조금이라도 시간을 단축하기 위해 제1마을 가운데에 있는 포탈을 향해 뛰어가기 시작했다.

"자, 가볼까."

나와 리리는 미니 포탈 차례를 기다렸다가 제2마을로 전이한 뒤 근교의 숲을 향해 걸어가기 시작했다.

"아~, 선두 집단은 벌써 멀리 가버렸네."

"그래도 적 MOB을 끌어들여주고 쓰러뜨려 주니까 리젠될 때까지는 안전하지."

그럼 할 일은 하나다, 나와 리리는 그렇게 말하며 고개를 끄덕였고——.

"오, 여기에 [코치꽃 봉오리풀]이 있네. 이건 먹으면 쓰지."

"윤찌, 여기에 [타타라 새싹]이 있어. 그리고 저쪽에 [마죽목] 군생지가 있는데 들러볼래?"

"그럼 [마죽목] 죽순이 있을 수도 있겠네!"

나와 리리는 온 힘을 다해 딴 길로 샜다.

적 MOB이 약하긴 하지만 숫자가 많은 근교의 숲에서 시간을 잔뜩 투자해서 아이템을 채집하는 경우는 별로 없다.

귀찮기 때문에 기본적으로 유용한 채집 아이템을 우선시하게 되고, 방금 말했던 식재료 아이템은 우선 순위가 낮아서 플레이어 시장에서 유통되는 양이 적다.

그래서 좋은 기회다 싶어서 모으며 호수 쪽으로 향했다.

그리고 호수에는 보트가 여러 척 떠 있었다.

"야호~. 다들 어때?"

리리가 부르자 보트 위에서 손을 들어 대답하는 낚시꾼들.

보트 위에 있던 플레이어들은 길드 [OSO 어업조합] 멤버들이 대부분이었다.

그들은 원래 낚시를 하고 싶어 하는 플레이어들의 모임이었기 때문에 기회가 생기면 저렇게 낚시를 하곤 한다.

"리리. 오늘 여기에 시치후쿠네가 온다는 걸 알고 있었어?"

"응. 그래도 윤찌! 그 반대야! 우리가 오늘 꽃구경을 한다는 걸 들은 시치후쿠네가 같은 날에 여기서 낚시를 하기로 한 거야."

"그런 거여. 자, 윤하고 리리한테 나눠주는 거니께 받아라."

그런 와중에 호숫가로 돌아온 보트에는 시치후쿠가 타고 있었고, 그가 보트 위에서 바구니를 건넸다.

반사적으로 받아든 내가 무게 때문에 살짝 비틀거렸고, 안을 들여다본 나와 리리가 깜짝 놀랐다.

"오오, 예쁘고 작은 물고기가 잔뜩 있네! 나눠줘서 고마워!"

"이렇게 작은 민물고기는 살짝 튀기기만 해도 맛있을 것 같은데. 시치후쿠! 고마워!"

나와 리리가 고맙다는 인사를 하는 동안 시치후쿠는 노를 저어 호수 가운데까지 이동한 뒤 낚시대를 드리웠다.

잠시 이야기를 나누고 쓴웃음을 지은 나와 리리는 보트 위에 있던 플레이어들에게 가볍게 인사를 한 뒤 남동쪽 방향으로 나아갔다.

●

"이쪽까지 와본 적은 없었는데."

"그렇지. 그런데 이 근처는 따뜻해서 기분이 좋네."

다이어스 수림 북쪽은 나무들의 밀도가 높아 어두운 숲이지만, 남쪽은 나무들의 종류나 밀도가 줄어들어 햇빛이 스며들고 있었다.

그 덕분에 따뜻한 햇볕이 스며들어 기분 좋게 삼림욕을 할 수 있었다.

기분 좋은 햇살을 느끼고 눈을 가늘게 뜨는 뤼이와 땅바닥으로 내려가 이곳저곳을 돌아다니는 자쿠로.

그런 와중에 자쿠로가 두 꼬리의 털을 곤두세우고 떨기 시작했다.

"자쿠로! 갑자기 왜 그래?!"

채집 포인트에서 풀을 뜯고 있던 나는 급하게 자쿠로에게 달려갔지만 갑자기 자쿠로의 몸에서 거세게 뿜어져나온 불꽃 때문에 다가갈 수가 없었다.

하지만 그 불꽃은 뜨겁지 않았고, 나를 다치게 하지도 않았다.

"윤찌?! 이건 설마!"

"자쿠로의 [성수화]야!"

사역 MOB이 성수화하는 징조. 뤼이 때와는 다르게 변화를 놓치지 않게끔 눈을 가늘게 뜬 채 확실하게 지켜보았다.

불꽃 속에 까만 그림자로 남아 있는 자쿠로의 윤곽. 그리고 뿜어져 나온 불꽃이 서서히 사그라들며 응축되는 것처럼 두 꼬리로 모여들었다.

──[새끼 동물] 상태의 사역 MOB이 [성수] 상태로 이행합니다. 이로 인해 [새끼 동물] 상태에서의 능력 제한이 해제됩니다.

성수화 알림을 받은 것과 동시에 불꽃 속에서 모습을 드러낸 자쿠로는 예전과 별로 차이가 없었다.

"뀨우?"

고개를 갸웃거리면서 왜? 그렇게 말하는 것 같은 자쿠로를 안아 들어보니 유일하게 변한 부분을 발견했다.

"꼬리가 늘어났어."

내게 안겨서 기분이 좋은 듯한 자쿠로는 세 개로 늘어난 꼬리를 붕붕 흔들고 있었다.

"윤찌, 축하해. 자쿠로찌가 무사히 성수화한 모양이구나."

"그래. 그런데 별로 변한 게 없는 것 같기도 하네."

마기 씨의 리쿠르처럼 새끼 늑대에서 탈 수 있을 정도로 몸집이 크게 성장하는 타입이나, 리리의 네시아스처럼 털 뭉치 같은 새끼 새에서 아름답게 성장하는 타입이 아니다.

굳이 말하자면 클로드의 쿠츠시타처럼 약간 변화하는 성수화였다.

"자쿠로는 성수가 되어서 뭘 할 수 있을까?"

"몸집이 작으니까 지원이나 보조 아닐까?"

"그러고 보니 여우불 같은 불꽃 공격을 할 수 있잖아. 위력이 강해졌나?"

나는 자쿠로를 땅바닥에 내려주고 근처에 있던 나무를 손가락으로 가리켰다.

"자쿠로, 저 나무를 공격해!"

뭘 할 수 있는지는 모르겠지만, 내가 그렇게 애매한 지시를 내리자 자쿠로가 세 꼬리를 세우고 그 끄트머리에서 여우불을 만들어내 날렸다.

그리고 불꽃 세 발이 완만한 곡선을 그리며 노린 나무로 날아갔고——.

"약간 그을렸을 뿐이네."

"위력은 초급 마법 정도밖에 안 되지만 3연속으로 날릴 수 있으니까 체인 보너스를 기대할 수 있지 않을까?"

그렇게 말하며 자쿠로의 여우불을 평가하는 나와 리리.

"뀨우~."

"그래, 딱히 성능이 나쁜 건 아니야. 앞으로 위력이 올라갈 가능성도 있고! 뭔가 다른 걸 할 수 있을지도 모르니까!"

나는 풀죽은 자쿠로를 위로하며 머리를 쓰다듬어 주었다.

성수화한 뤼이의 능력으로는 기승, 수속성 마법, 정화, 환술이 있는데 자쿠로에게는 여우불 말고 뭐가 있을까. 나는 그쪽이 더 기대되었다.

"자, 능력 검증은 나중에 하고 오늘은 꽃구경을 즐기자."

나는 그렇게 말한 뒤 자쿠로를 안아서 뤼이의 등에 올려 주었다.

성수화한 사역 MOB들이 모여 있는 모습을 보고 훈훈해하며 리리와 함께 목적지인 목화 같은 나무가 있는 곳으로 향했다.

중간에 약초와 나무 벌채, 식재료 아이템을 채집하면서 다른 곳으로 자꾸 샌 우리들.

그리고 목적지인 목화 같은 나무 앞에는 큰 장애물이 막아서고 있었다.

"지면이 솟구쳐 있네."

"그러게. 음~, 높이가 15미터 정도 되려나?"

이 정도라면 내가 [등산] 센스를 써서 올라간 다음 리리를 끌어올리면 넘어갈 수 있을 것 같다.

뤼이와 자쿠로는 일단 소환석으로 되돌린 다음 다시 소환하면 문제없다.

"뭐, 급하진 않으니까 상관없지."

"그래. 안전하게 올라갈 수 있는 곳을 찾아볼까?"

그렇게 말한 다음 남서쪽에서 북서쪽을 향해 솟구쳐 있는 경사를 올라갈 수 있는 곳을 찾다 보니 플레이어 몇 명이 그 솟구친 암벽에 달라붙어 있는 것이 보였다.

솟구친 암벽의 돌기를 이용해서 유연한 몸과 완력으로 차례차례 올라간 다음 암벽 꼭대기에 손을 댄 뒤 내려왔다.

"저 사람들은 안전끈이나 밧줄 같은 걸 안 쓰네."

"뭐, 레벨이 올라가면 그렇게 쉽게 죽지는 않으니까. 앗, 떨어졌다."

한 명이 암벽 돌기를 이동하다 손이 미끄러져서 7미터 정도 높이에서 떨어졌지만 낙법을 해서 대미지를 경감시켰다.

그 모습을 보고 웃고 있는 주위에 있던 플레이어들.

그리고 잘 살펴보니 그중에 알고 지내는 플레이어가 있었다.

"어라? 이완이네."

내 시선을 눈치챘는지 근육질 중년 플레이어인 이완이 돌아보았다.

"오, 아가씨잖아. 오랜만인데!"

손을 흔드는 이완에게 다가가는 나와 리리.

저번에 제1마을 북쪽에 있는 암벽을 올라갈 때 내가 [등산] 센스를 취득하는 것을 도와준 등산 플레이어 이완이다.

어떤 의미로는 낚시를 하고 싶어하는 [OSO 어업조합]의 시치후쿠와 비슷한 사람인데, 정말 오랜만에 만난 것 같다.

"이완, 뭐하고 있는 거야?"

그렇게 말하며 오랜만에 만난 지인 플레이어와 인사를 나누었다.

"나? 보다시피 길드 멤버들과 볼더링을 하고 있지."

그렇게 말하자 모여 있던 청년, 중년 근육질 남자 플레이어들이 이쪽을 보고 인사를 해주었다.

그렇구나, 이완은 취향이 맞는 사람들을 모아서 등산 길드를 세웠지? 나는 그렇게 납득했다.

"이 근처는 일정한 높이의 암벽이 쭉 이어져 있으니까. 매번 장소를 변경해서 볼더링 기록을 경쟁하고 있거든."

"호오, 그렇구나. 하긴 장소를 변경하면 코스가 바뀌니까 더 즐길 수 있겠네. 아, 그렇지. 안전하게 올라갈 수 있는 길은 없어? 맞은편에 있는 나무가 보이는 산으로 가고 싶은데."

그렇게 말하고 솟구친 지면에 가려져 있긴 하지만 대충 표지로 삼고 있는 나무와 방향에 대해 말하자 바로 가르쳐주었다.

"그러면 절벽을 북동쪽으로 따라서 가봐. 절벽이 무너져서 가파르긴 하지만 경사가 있으니까. 거기로 올라가면 여기보다는 편하게 올라갈 수 있을 거다."

등산 길드 사람들은 싹싹해서 그런지 몸집이 작은 리리에게 과자를 주거나 애교 있는 불사조인 네시아스를 쓰다듬어

주며 소년처럼 눈을 반짝이고 있었다.

근육질 남자인데 귀여운 아저씨들이라고 생각하며 나는 이완과 이야기를 나누었다.

"저쪽으로 가는구나. 그러고 보니 플레이어 여러 명이 저쪽으로 가는 게 보이던데."

"아는 사람이 저쪽 산에 있는 목화 같은 나무 아래에서 꽃구경을 하자고 해서. 도시락을 싸서 소풍을 가는 느낌? 그럼 우리는 슬슬 갈게."

"잠깐만 기다려. 갈 거면 이걸 가지고 가라."

이완이 그렇게 말하고 나서 인벤토리에서 주걱처럼 생긴 버섯을 꺼내주었다.

"이건 절벽에 자라는 [바위 버섯]이라는 식용 아이템이야. 우리는 요리를 못하니까. 가지고 가."

"잎새버섯 같이 생겼네. 고마워!"

"그래, 또 볼일이 생기면 가게에 들르도록 하지. 그리고 타쿠 꼬맹이에게도 안부 전해주고."

타쿠와 정기적으로 교류하고 있다는 것을 알게 되자, 타쿠의 꼼꼼한 인맥 관리에 감탄했다.

그리고 리리와 함께 이완이 가르쳐준 루트로 가서 경사를 발견한 뒤 올라갔다.

그 너머에는 절벽 아래로 펼쳐져 있던 숲과 밀도가 비슷한 숲이 펼쳐져 있었다.

그런데 그 숲 안에는 희미하게 하얀 안개가 끼어 있어서 멀리 내다볼 수가 없었다. 숲 입구의 광장에는 앞서 가던 플레이어들이 멈춰 서 있었고, 그중에는 뮤우와 루카토도 있었다.

"앗, 윤 언니! 따라잡았구나!"

"뮤우, 루카토. 왜 여기에 멈춰 서 있는 거야?"

"내 말 들어봐! 언니! 미카즈치 씨도 참 치사하다니까!"

볼을 잔뜩 부풀리며 따지는 뮤우와 쓴웃음을 짓고 있는 루카토.

그런 한편 다른 플레이어들이 안개가 피어오르고 있는 숲으로 들어갔다.

"여기가 [헤매임의 숲]이라는 걸 가르쳐주지 않았다고!"

"저기, [헤매임의 숲]이라는 게 뭔데?"

"올바른 루트로 나아가지 않으면 원래 있던 곳으로 돌아오게 되는 숲이라고 하면 될까요."

그렇게 말하며 곤란한 듯이 미소를 지으며 뮤우의 설명에 보충설명을 해주는 루카토.

그리고 뮤우 일행의 회상을 듣게 되었다.

오늘은 뮤우 파티 중에서 로그인할 수 있었던 사람이 루카토뿐이라 이 꽃구경 기획에 루카토와 함께 참가한 뮤우.

뮤우와 루카토에게 적 MOB은 약했다. 그렇게 선두 집단에 껴서 목화 같은 나무 쪽으로 향하고 있던 뮤우 일행의 발목을 잡은 것이 이 [헤매임의 숲]이라는 모양이다.

"안에는 안개가 끼어 있고, 몇 번이나 헤매다가 돌아왔어!"

"그동안 미카즈치 씨와 타쿠 씨 일행은 이곳을 빠르게 빠져나갔죠."

이곳으로 돌아오지 않은 것을 보니 [헤매임의 숲]을 빠져나갈 방법을 찾아내서 목적지에 도착한 것 같다. 아니면 처음부터 정답 루트를 알고 있었던가.

"분해! 미카즈치 씨가 가르쳐주지 않았던 건 분명 [헤매임의 숲]에서 발목을 잡힐 거라고 예상했기 때문일 거야!"

그렇게 말하며 발을 동동 구르는 뮤우.

"뭐, 딱히 초조해할 필요는 없으니까 느긋하게 갈까? 꽃구경이나 포탈은 도망치지 않으니까."

"그러면 왠지 분하니까 일찍 도착하고 싶어!"

진지하게 대답한 뮤우가 나와 리리에게 어떤 제안을 했다.

"그러니까 윤 언니, 리리 군. 우리하고 같이 파티를 짜자!"

"파티?"

"저하고 뮤우 양은 전투 계열에 특화되어 있으니 두 분의 탐색, 발견 능력, 그리고 전투 이외의 부분을 서로 보완하면 좋을 것 같아요."

루카토에게 파티에 대한 자세한 설명을 들었다.

"혼자보다는 두 명, 두 명보다는 네 명이 같이 가면 빠르게 돌파할 수 있어!"

뮤우가 그렇게 적극적인 모습을 보이자 나와 리리는 살짝 마주 보았다.

"뭐, 목적지까지 얼마 안 남았으니 파티를 짜도 상관없긴 한데."

"그렇지. 뮤우찌, 루카찌하고 같이 갈까!"

"앗싸! 언니, 정말 좋아!"

정면에서 두 팔을 벌리고 껴안으려 하는 뮤우.

뮤우가 갑자기 달려들자 내가 무심코 피하려고 한 발짝 물러나기 전에 나와 뮤우 사이에 까만 그림자가 끼어들었다.

그 그림자는 돌격해 온 뮤우를 부드럽게 받아내며 껴안기로부터 방어해주었다.

"흐아아! 이 푹신푹신은 뭐야! 따뜻해!"

"이건…… 자쿠로의 꼬리구나."

나와 뮤우 사이에 자쿠로의 세 꼬리 중 하나가 뻗어 나와 있었다.

뮤우가 나를 껴안으려 하자 위험하다고 생각했는지 반사적으로 방해한 건지도 모르겠다.

그것을 눈치챈 뮤우는 바로 자쿠로를 보았다.

"오~! 자쿠로의 꼬리가 늘어났네! 성수가 되었구나, 축하해!"

뮤우는 그렇게 말하고 나서 자쿠로를 등에 태우고 있던 뤼이까지 같이 껴안으려 했지만, 이번에는 세 꼬리 중 두 개를 뻗어 뮤우를 밀어내려 했다.

자쿠로는 싫다는 듯이 거리를 벌리려 했지만, 뮤우는 그 반대로 자쿠로가 뻗은 꼬리에 볼을 파묻고 비벼대며 행복해했다.

그리고 뮤우의 행동을 통해 알게 된 성수화한 자쿠로의 새로운 능력── 세 꼬리를 자유롭게 다루며 방어하거나 요격하는 것.

여우불, 자동방어, 자동요격. 지금까지 알아낸 능력은 그 세 가지다.

보조 타입 사역 MOB이라기 보다는 방어나 카운터 쪽에 가까운 것 같긴 한데, 아직 능력이 더 숨겨져 있을지도 모른다.

우리는 그렇게 뮤우와 이야기를 주고받으며 우선 뮤우, 루카토와 함께 파티를 짜고 [헤매임의 숲]에 도전하게 되었다.

●

뮤우와 루카토가 여러 번 도전했다가 돌아오며 알게 된 [헤매임의 숲]의 규칙을 알려주었다.

당연히 올바른 길로 나아가면 안쪽으로 들어갈 수 있다.

잘못된 길로 나아가면 몸이 안개에 휩싸이고 입구에 있는 광장으로 돌아오게 된다. 단, 일정 시간 이내에 올바른 길로 돌아가면 계속 나아갈 수 있는 모양이었다.

숲 곳곳에 힌트 같은 것이 있는데 뭐가 정답인지는 모른다고 한다.

그런 설명을 듣고 우선 들어가 보기로 한 우리는──.

"저기, 윤 언니. 찾아낸 거 있어?"

"너무 많아서 오히려 뭐가 가짜인지 판단이 안 되네."

[간파] 센스로 안개가 피어오르는 [헤매임의 숲]을 둘러보니 여러 가지가 보였다.

지면에 깔려 있는 돌바닥, 동물이 지나간 것 같은 짐승길, 도표 같은 등롱, 나무 측면을 깎아서 만든 도표, 우리를 유도하려는 듯이 여러 번 돌아보는 작은 동물의 환영.

"저하고 뮤우 양은 짐승길하고 등롱, 작은 동물의 유도에 따라 나아갔는데 결국 돌아와 버리게 되었어요."

"네 번이나 돌아온 사람은 돌아온 직후에 힌트 메시지가 메뉴에 떴대!"

"참고로 그 메시지는 무슨 내용이야?"

그렇게 말하며 지금까지 뮤우와 루카토가 얻은 정보에 대해 물었다.

"그러니까……『눈에 보이는 것이 반드시 올바른 길은 아니다』라네. 그리고『조건을 만족시킨 뒤 잘못을 열 번 반복하면 길이 열린다』라고."

"그건……."

"일종의 구제책이구나."

네 번 돌아오면 공략의 힌트를 주고, 열 번 잘못 가면 구제책으로 통과시켜 주는 것 같은데, 그 조건이라는 것을 모르겠다.

"음~. 그래도 이 힌트를 다섯 번째나 여섯 번째에 받은 사람도 있어. 그래서 어떤 플래그를 세운 횟수가 조건일 것 같아."

뮤우가 그렇게 말한 것을 듣고 나는 첫 번째 공략 힌트 메
시지에 대해 생각했다.

[헤매임의 숲]에서『눈에 보이는 것이 반드시 올바른 길은
아니다』라는 건 지금 보이는 노골적인 도표가 잘못된 거라
는 뜻인데, 그렇게 쉬운 힌트인가?

우선 내 센스를 확인하면서 생각나는 의문에 대해 말했다.

소지 SP 19
[장궁 Lv40] [마궁 Lv24] [하늘의 눈 Lv24] [간파 Lv35]
[준족 Lv28] [마도 Lv30] [대지속성 재능 Lv11] [부가술사 Lv5]
[요리인 Lv16] [물리공격 상승 Lv22] [염동 Lv5]

대기
[활 Lv55] [조약사 Lv24] [조교 Lv37] [연금 Lv47] [합성 Lv46]
[조금 Lv39] [생산직의 소양 Lv25] [수영 Lv18] [언어학 Lv28]
[등산 Lv21] [신체내성 Lv5] [정신내성 Lv4] [선제의 소양 Lv14]
[급소의 소양 Lv12]

"길에서 벗어난 곳이 정답이라는 건가?"
"그것도 시험해봤는데 돌아온 사람이 많았어."

그렇겠지, 그렇게 생각하며 뻔한 대답을 뮤우에게 들었다.

"그럼 눈에 보이는 것들 중 어떤 게 정답인 건가?"

"돌아온 사람들의 이야기를 종합해보면 전부 다 함정인 것 같아요."

그렇게 사람이 많이 있으니 루카토도 실패해서 돌아온 사람들에게 이야기를 듣고 소거법을 통해 정답 루트를 알아내자고 생각했던 모양이다.

"그럼 [혼란] 같은 상태이상에 걸렸을 가능성은?"

도등화 나무가 있는 폐촌으로 이어지는 호리어 동굴은 동굴 안에 [혼란] 상태이상을 랜덤으로 발생시키는 효과가 있다.

그런 종류 아니냐고 묻자 뮤우와 루카토가 고개를 저었다.

"뭐, 우선 가보자!"

그렇게 말하면서 리리가 바로 선두에서 걸어가기 시작했다.

돌바닥 루트를 선택했고, 발치만 조심하면 문제없이 나아갈 수 있었다.

나도 안개가 피어오르고 있는 숲에서 힌트가 될 만한 것을 찾아내기 위해 [간파] 센스에 의식을 집중했는데——.

"오, 채집 포인트다. 저기 있는 약초를 좀 따와도 돼?"

"윤 언니! 안 돼! 그건 길을 잃게 만들기 위한 함정이야."

"오오?! 이 나무는 두껍고 튼튼한 것 같아. 벌채해서 가져가고 싶어!"

"안 돼요! 그런 짓을 하면 숲에서 쫓겨난다고요!"

약초를 찾아내고 돌바닥 길에서 벗어나려고 한 내 손을 잡고 말리는 뮤우. 리리도 돌바닥 길가에 있던 나무를 쓰다듬으며 올려다보고 그렇게 말했지만 루카토에게 설득당해서 포기했다.

그런 우리를 보고 질린다는 듯이 고기를 젓는 뤼이.

"소재는 길을 잃게 만드는 노골적인 함정이야! 숲을 태우거나 상처입히면 안개가 바로 피어올라서 입구로 돌아가 버리니까!"

"응, 그래도 소재를 얻기 위해서 한 번 정도는——"안 돼!"——네."

소재를 채집할 수 있다면 안개에 휩싸여서 돌아간다 해도 딱히 상관없을 것 같다고 생각하다가 뮤우의 강한 태도에 밀려 고개를 끄덕이게 되었다.

그리고 내가 멋대로 행동하지 않게끔 뮤우에게 손을 잡힌 채 안개가 피어오르고 있는 [헤매임의 숲]을 나아갔다.

좌우로 구불구불 이어져 있는 헤매임의 숲 돌바닥 길은 그냥 나아가기만 해도 방향감각이 사라져서 어디로 가고 있는지도 알 수가 없게 되었다.

그 길을 계속 걸어가며 소재 같은 유혹을 떨쳐내고 스테이터스를 확인했다.

혹시 뮤우나 루카토가 눈치채지 못한 [혼란]이나 뤼이의 환술 같은 능력이 [헤매임의 숲]에 있을지도 모른다고 생각하며 걸어갔는데, 그런 건 없었다.

그리고 어느 정도 나아가자 안개가 희미한 숲의 가장자리가 보였다.

"앗싸! 이번에야말로 출구일 거야!"

그리고 뛰어가기 시작한 뮤우에게 손을 잡힌 채 숲의 출구로 따라갔다.

루카토도 이렇게 안개가 피어오르는 [헤매임의 숲]을 이번에야말로 빠져나갈 수 있지 않을까 하며 기대하는 표정을 짓고 있었다.

뒤에서는 숲을 뒤덮고 있던 하얀 안개가 다가오고 있었고, 출구 쪽으로 나아가자 뭔가가 걸린 것 같은 느낌이 들었다.

"……음."

"언니, 왜 그래?"

나는 그 걸린 듯한 감각을 느끼고 나도 모르게 멈춰 섰다.

나는 뮤우를 보았지만 눈치채지 못한 모양이었다.

다른 멤버를 보자 리리는 왠지 위화감을 느꼈고, 루카토도 이곳을 여러 번 통과해서 그런지 확실하게 위화감을 느끼고 있었다.

사역 MOB인 뤼이와 자쿠로, 네시아스는 플레이어보다 감각이 예민하기 때문에 고개를 갸웃거리며 주위를 두리번거리고 있었다.

"뭔가가 닿은 것 같기도 하고, 걸린 것 같기도 하고."

"음~. 아무것도 못 느꼈는데. 앗, 바람이잖아! 봐, 출구에서 불고 있어!"

뮤우가 빛이 스며드는 방향을 손가락으로 가리켰고, 곧바로 우리를 데리고 숲 바깥으로 빠져나가자──.

"왜…… 왜 원래 있던 곳으로 돌아와버리는 거야!"

──입구로 돌아와 있었다.

다시 [헤매임의 숲] 입구로 돌아온 뮤우는 힘이 빠졌는지 주저앉았다.

이제 뮤우와 루카토는 모두 합쳐 네 번째 실패를 하게 되었는데, 나는 왠지 [헤매임의 숲]의 전체적인 구조를 파악한 것 같은 느낌이 들었다.

"좋아, 이 숲을 빠져나가는 법을 알 것 같아."

"뭐어?! 정말? 빠져나갈 수 있어?"

"그래, 아마도."

그렇게 말하고 이번에는 내가 선두에 서서 [헤매임의 숲]을 나아갔다.

선택한 것은 다시 돌바닥 루트였다.

"저기저기, 윤 언니. 아까랑 같은 길이잖아. 또 입구로 돌아가 버릴 텐데."

"괜찮아."

나는 조용히 돌바닥 길을 나아갔다.

뮤우는 [헤매임의 숲]을 빠져나가다가 여러 번 실패해서 그런지 내 옷자락을 잡고 불안해하며 주위를 둘러보고 있었다.

감이 좋은 루카토도 탈출 방법을 알아냈는지 그런 뮤우를 싱글거리며 바라보고 있었다.

그리고 [헤매임의 숲]의 나무들이 사라지고 빛이 넘치는 숲 바깥이 보이자 나는 멈춰 섰다.

"눈앞에 숲의 경계. 저기, 아까랑 똑같잖아."

"그렇지. 하지만…… 이 라인인가?"

그렇게 말하고 발치를 보며 돌바닥의 경계를 넘어가자 다시 어떤 경계선을 넘은 것 같은 감각이 느껴졌다.

뮤우는 지금까지 계속 숲속을 뛰어다녔기 때문에 그 미묘한 감각이 불어오는 바람과 합쳐서 알아내지 못했을 것이다.

그리고 그 경계선을 넘어 돌아본 내 눈앞에는 안쪽을 들여다볼 수 없게 만드는 짙은 안개가 낀 [헤매임의 숲]이 펼쳐져 있었다.

다시 앞을 돌아보자 빛이 넘치는 숲의 경계에서 부드러운 바람이 흘러들어와 우리의 등을 밀었다.

"그럼 돌아갈까."

"어? 설마?!"

내가 돌아서서 왔던 길로 돌아가자고 하니 뮤우가 깜짝 놀라 소리쳤다.

"그럼 먼저 실례할게요."

"나도 먼저 갈게!"

루카토와 리리가 짙은 안개가 피어오르는 헤매임의 숲 안으로 돌아갔고, 그 뒤를 뤼이와 다른 사역 MOB들이 쫓아갔다.

"자, 뮤우. 가자."

"으, 응."

나는 뮤우의 손을 잡고 짙은 안개 속을 걸어가기 시작했다.

처음에 숲의 경계를 빠져나왔을 때와 마찬가지로 손을 잡은 채 이번에는 내가 앞장서서 안개 속을 나아갔다.

그리고 금방 안개가 걷혔다.

"우와…… 겨우 빠져나왔네!"

"뭐, 공략법만 알면 간단하지."

우리가 나온 곳은 [헤매임의 숲]의 입구가 아니라 완만한 언덕길이 보이는 산기슭이었고, 올려다보니 산꼭대기에 목화 같은 나무의 끄트머리가 살짝 보였다.

이 [헤매임의 숲] 공략 힌트는 일부러 오해하기 쉽게끔 적혀 있었다.

그 도표는 전부 올바른 것이었다.

하지만 그 도표를 따라 숲의 경계까지 간 다음 곧바로 눈앞에 펼쳐져 있는 숲의 경계를 지나면 입구로 돌아오게 된다.

숲의 경계 앞에 있는 라인에서 느낀 위화감은 센스로 느낀 것인지, 플레이어가 원래 갖추고 있는 감각으로 느낀 것인지는 모르겠지만, 그것이 플래그인 건 틀림없을 것이다.

그것을 넘어선 시점에서 눈앞에 있는 뻔한 출구가 아닌 보이지 않은 뒤로 나아간다는 것이 그 숲의 공략법이다.

"알고 보면 고전적인 공략 방법이지."

"그런 건 알 수가 없지! 중간에 다시 왔던 길로 돌아가다니!"

그렇게 말하며 따지는 뮤우를 달래기 위해서 머리를 쓰다듬어 주었다.

뭐, 뮤우는 힘차게 움직이기만 했지만, 루카토는 네 번째에 눈치챈 모양이고 다른 뮤우 파티 멤버가 있었다면 더 일찍 눈치챘을지도 모른다.

특히 척후 역할을 맡고 있는 토우토비나 한 발짝 물러난 시점에서 전장을 보는 마법사인 리레이와 코하쿠는 일찍 눈치챌 것 같다.

"이봐~, 윤찌, 뮤우찌! 얼른! 얼른!"

"계속 헤매다 보니 배가 고프네요."

언덕길을 재빨리 올라가는 리리와 미소를 지으며 리리와 나란히 가던 루카토가 나와 뮤우에게 말을 걸었다.

하긴, 만복도가 조금 줄어들긴 했지, 그렇게 생각하며 뮤우와 뤼이, 자쿠로와 함께 언덕길을 느긋하게 걸어가며 따라갔다.

"아~, 그래도 시간이 꽤 걸려버렸네. 다들 벌써 꽃구경을 시작했겠지?"

"뭐, 꽃구경 도시락에는 뮤우가 부탁했던 반찬을 넣었으니까 마음 풀어."

"정말? 앗싸아! 윤 언니! 정말 좋아!"

그렇게 말하며 나를 껴안는 뮤우를 보고 한숨을 쉬며 살짝 쓴웃음을 지었다.

"좋아, 윤 언니의 도시락을 먹으면서 뤼이를 거느리고 꽃구경을 즐길 거야!"

뮤우가 그렇게 욕망이 다 드러나는 선언을 하자 환술로 스르륵 모습을 감추는 뤼이.

"뤼이가 싫어할 것 같으니까 그러지 마."

"어~?"

"어~?는 무슨."

그렇게 별것 아닌 이야기를 하면서 목화 같은 나무가 있는 산꼭대기에 무사히 도착했다.

그곳에서 이미 미카즈치 일행이 기다리고 있었는데 왠지 상황이 이상했다.

"어라? 사람이 더 많이 있을 줄 알았는데?"

뮤우가 말한 것처럼 [헤매임의 숲]을 빠져나와 도착한 파티가 열 개 이상은 될 것이다.

그런데 그곳에 있던 사람은 미카즈치와 세이 누나의 길드 [팔백만]의 정예들과 타쿠, 간츠, 미니츠 파티, 그리고 꽃구경 기획에 참가한 외부 플레이어들까지 합쳐서 26명 뿐이었다.

그리고 왠지 긴장된 분위기를 풍기고 있던 미카즈치 일행에게 천천히 다가가서 산꼭대기 나무 옆에 30명째 플레이어인 내가 발을 내딛자 변화가 생겼다.

──긴급 R퀘스트 : 어비스 스파이더 토벌.

깨어난 [어비스 스파이더]를 여러 파티와 협력하여 쓰러뜨려
라── 0/1

하얀 천이 뭉친 것 같은 나무가 안쪽부터 세로로 찢어졌
고, 그 안에서 까만 털로 뒤덮여 있는 가녀린 손이 비집고
나오는 듯이 나타났다.

『푸샤아아아아아아아──!』

목화 같은 나무 안쪽에서 위협하는 것 같은 소리와 함께
그것이 모습을 드러냈다.

세 쌍의 붉은 거미눈이 이쪽을 내려다보았고, 하얀 솜 안
쪽에서 바깥으로 나왔다.

"전원, 전투 준비!"

거대 거미가 등장하자 미카즈치가 호령을 내렸고, [팔백
만]의 정예 플레이어들을 중심으로 각자 무기를 겨누었다.

그 정도로 태세 전환을 빠르게 하는 모습을 보니 역시 [팔
백만]의 정예 멤버들이라며 감탄했다.

하지만, 그런 것보다──.

"──여기에는 적 MOB이 없다며……."

내가 그렇게 중얼거리는 동안에도 거대 거미가 나무 끄트
머리로 올라가 엉덩이를 높게 들어 올린 뒤 실을 뿜어냈다.

두껍고 윤기가 있는 실이 공중에 떠서 나무의 줄기를 중
심으로 거미집을 만들어냈다.

우리는 뒤늦게 눈치챘다.

그것이 목화 같은 나무가 아니라 거대 거미의 둥지라는 것을.

나무를 중심으로 방사형으로 퍼지는 거미집과 그것을 올려다보는 플레이어들.

그리고 거대 거미 보스 MOB인 [어비스 스파이더]가 붉은 눈으로 이쪽을 내려다보았다.

6장 거대 거미와 공천호

"변칙적인 전투가 될 가능성이 있다! 모두들 신속하게 전위, 후위로 갈라져!"

다시 미카즈치가 호령을 내리자 길드 [팔백만]의 정예 플레이어들이 곧바로 움직이기 시작했고, 거대 거미를 올려다보며 맞섰다.

그에 비해 우리는——.

"음~. 검붉은 거미라…… 좀 기분 나쁘긴 한데, 저 거미줄은 예쁘네."

"뮤우, 그쪽이 신경 쓰여?"

나는 전혀 긴장감이 없는 뮤우의 말을 듣고 무심코 태클을 걸어버렸다.

"아가씨들도 전위, 후위로 갈라져. 그리고 전위 몇 명은 후위를 호위해주고! 이제부터 상대의 행동 패턴을 보며 움직일 거니까!"

그렇게 말하며 우리에게 지시를 내린 미카즈치는 [팔백만]의 정예 이외에도 행동을 미처 취하지 못하고 있던 플레이어에게 차례차례 지시를 내렸다.

"그러고 보니, 세이 언니. 여기에 도착한 플레이어가 더 있지 않아? 어디 있어?"

미카즈치가 전위에서 지시를 내리고 있던 와중에 나와 미니츠 같은 후위를 이끌고 있던 세이 누나에게 뮤우가 물었다.

"맞아. 먼저 도착했던 여섯 파티는 [어비스 스파이더]와 전투를 벌이다가 죽어서 돌아가 버렸어. 우리가 도착했을 때는 이미 없었지."

어떤 출현 조건을 만족시켰기 때문에 나타난 레이드 보스인 [어비스 스파이더]와 우리도 이렇게 맞서게 되었다.

"퀘스트 발생조건이 뭘까요? 이곳에는 적 MOB이 나오지 않을 텐데요."

"음~. 먼저 왔던 누군가가 전제 조건을 달성했거나 레이드 보스 토벌 추천 인원수가 이 자리에 모여서 그런 거 아닐까?"

나무 위에서 이쪽을 내려다보는 거대 거미를 보고 후위의 호위를 맡은 루카토가 의문을 던지자 세이 누나가 자신이 예상한 것을 말해주었다.

"전원 경계해라! 안전에는 충분히 신경을 쓰고!"

그리고 나무 꼭대기에서 거미집을 따라 이동하기 시작한 거대 거미.

가로줄과 세로줄을 발판삼아 거대한 몸집과는 어울리지 않게끔 재빠르게 움직이는 거미를 보고 모두가 깜짝 놀랐다.

"으윽, 그냥 소풍을 오는 기분으로 참가했는데, 왜 이렇게 되는 거야?"

"윤찌, 신경 쓰지 마."

"뭐, 포기해라."

리리가 오른쪽 어깨를 두드렸고, 타쿠가 왼쪽 어깨를 두

드리자 나는 두 사람을 원망스럽게 바라보았다.

"좋아, 전위는 무기를 겨누어라! 아가씨는 보조해주고!"

"정말, 결국 이렇게 되는 거야?《존 인챈트》어택, 디펜스, 스피드!"

미카즈치가 호령한 것과 동시에 뮤우와 타쿠 같은 전위 플레이어들에게 인챈트를 여러 겹으로 걸었다.

나도 후위 플레이어들과 함께 태세를 갖추었다.

"뤼이는 돌아가. 자쿠로는 내 옆에서 대기해줘."

나무가 자라나 있는 산꼭대기에서는 뤼이가 불리할 것 같아 소환석으로 되돌렸다.

한편 자쿠로의 능력은 미지수이긴 하지만 세 꼬리를 이용한 방어가 가능했기에 내 곁에 두었다.

"자쿠로. 이번이 첫 전투인데, 괜찮아?"

"뀨우!"

의욕이 가득찬 대답을 들었다.

그리고 세이 누나와 미니츠 같은 후위가 거대 거미에게 선제공격으로 마법을 날리기 시작했다.

"가렴! ──《아이스 랜스》!"

"좀 멈추라고! ──《엔젤 링》!"

세이 누나가 시험 삼아 얼음창을 날렸지만 거대 거미가 쉽사리 피했고, 미니츠가 날린 빛나는 고리의 구속 마법도 피했다.

"모조리 다 불태워라! ──《프로미넌스 드라군》!"

GVG 때 자루벽 간이진지를 파괴했던 [팔백만]의 정예 마법사가 그때와 마찬가지로 불꽃의 용을 만들어내 거미집을 태우려 했다.

그런데 거미집은 타오르며 남았고, 거대 거미가 타지 않는 부분을 골라서 이동하고 있었다.

거미집은 파괴 불가 오브젝트 취급인지 일정 시간 동안 타오르다가 점점 꺼졌다.

"후위! 무기가 닿지 않는다! 발판 부탁해!"

"알았어. ──《아이스 에이지》!"

"나도──《스톤 월》!"

세이 누나가 얼음 발판을 만들어내어 거미집으로 직접 올라갈 수 있게끔 언덕길을 마련했다.

나도 세이 누나를 흉내 내서 높이가 다른 석벽을 계단 모양으로 만들어 냈지만, 마법을 그렇게 다루는 것이 익숙하지 않아서 그런지 단차가 제각각 달랐다.

"좋았어, 내가 직접 둥지에서 떨어뜨려주지!"

만들어진 발판을 이용해 거미집 위로 올라간 간츠는 거미줄 위를 뛰어가 거대 거미에게 달려들었다.

가로줄과 세로줄이 얽혀 있는 거미집 위에서 균형을 잡으며 뛰어 올라가 거대 거미를 향해 주먹을 치켜들었다.

"먹어라! ──《충격》!"

발을 제대로 내딛을 수 없는 거미집 위에서 연속 공격 계열 아츠를 쓰기에는 불안했는지 단발로 발동시키는 아츠를 거대 거미의 등에 때려 넣었다.

그 일격으로 인해 거미집 전체가 흔들렸고, 거대 거미가 대미지를 입었다.

그와 동시에 곤두선 까만 털이 간츠의 주먹에 박혀 반사 대미지를 입혔다.

"큭, 수지가 안 맞긴 하지만 공격은 계속한다! ——《중격》! 《중격》! 《도깨비 사냥 차기》!"

"페이스 조절도 좀 고려하라고! ——《하이 힐》!"

반사 대미지를 무시하고 공격해대는 간츠를 보고 미니츠가 불평하면서도 회복마법을 사용했다.

간츠는 주먹과 발차기를 날리며 계속 공격을 가했다.

거대 거미가 다리를 휘두르며 공격하면 일단 거리를 벌린 다음 거미줄의 반발력을 이용하여 다시 접근하며 공격했다.

거미줄 위에서 빠르게 움직이는 거대 거미는 간츠에게 계속 타격당했지만 딱히 반격다운 반격을 하지 않았다.

하지만 까만 바늘 같은 털이 간츠의 두 팔에 꽂혀서 공격할 때마다 반사 대미지를 입혔다. 그리고——.

"으엑, [독5]하고 [저주5]라니, 너무 심하잖아!"

때리면 때릴수록 털에 맺혀 있는 독액 때문에 상태이상에 걸렸고, 점점 심해졌다.

"간츠! 일단 돌아와서 회복받아!"

간츠가 혼자서 맹공을 가하고 있는데도 불구하고 HP가 별로 줄어들지 않는 걸 보니 역시 레이드 보스였다.

내 목소리를 듣고 간츠가 회복하기 위해 이탈하려고 거미줄 틈새로 내려오려는 순간, 거대 거미가 움직임을 보였다.

"간츠! 피해!"

"공중이라서 힘들어!"

꼬리 끄트머리를 들어 올리고 그물 형태로 퍼져나가는 거미줄을 날린 거대 거미는 공중에 있던 간츠를 잡아서 둥지에 매달았다.

"누가 좀~! 구해줘~!"

"──《궁기 · 단발꿰기》!"

나는 간츠를 매달고 있는 거미 그물을 지탱하고 있던 실에 화살을 날려 떨어뜨렸다.

거대한 발판인 거미줄에 비해 먹잇감을 매달고 있던 얇은 줄은 간단히 끊어졌다. 간츠는 지면에 떨어진 것과 동시에 스스로 거미 그물을 끊고 탈출했다.

"미안, 윤. 덕분에 살았어."

"정말, 방심하지 말라고. 자, 미니츠에게 회복시켜달라고 해."

"정말, 간츠는 바보라니까······."

미니츠의 회복마법으로 간츠는 HP와 심한 상태이상을 회복시킨 뒤 전선에 복귀했다.

이번에는 방금 전처럼 무모하게 접근전을 벌이지 않고 거미집 아래로 파고들어 원거리 아츠로 싸우는 방식으로 전환한 것 같은데 상대가 빠르게 움직여 피했다.

"가라아! ——《솔 레이》!"

"하앗! ——《소닉 엣지》!"

나와 세이 누나가 발판을 만들었는데도 도망쳐다니는 거대 거미에게 좀처럼 근접 공격을 맞추지 못했기에 전우들도 발동이 빠른 원거리 스킬을 사용하기 시작했다.

"젠장, 빠르네."

전위들이 거미집 아래로 파고들어 공격을 가하려 했지만 거대 거미는 거미집을 이리저리 달려다니며 그물 모양 거미줄을 날렸다.

예비동작이 거의 없고 도망치며 날리는 그물 모양 거미줄에 전위 플레이어들이 차례차례 붙잡혀서 매달리기 시작했다.

나는 화살을 연속으로 날려서 그들을 매달고 있던 거미줄 그물을 지탱하고 있던 실을 끊어 구해냈다.

"잠깐, 왜 구하는 속도보다 실에 붙잡히는 속도가 더 빠른 거야!"

"윤찌, 나도 도울게. 시아찌도 부탁해."

내가 화살을 날리는 한편, 리리가 내 옆에 서서 매달린 플레이어들을 구해내기 위해 불사조인 네시아스에게 지시를 내렸다.

네시아스는 상공에서 날갯짓하며 불꽃 깃털을 날려 그물을 지탱하는 거미줄을 태워서 끊었다.

"플레이어들을 이렇게 빠르게 구속시키다니. 저번 파티

는 이것 때문에 당했나?"

세이 누나가 분석하는 것을 듣고 있자니 이번에는 세 명이 동시에 거미줄 그물에 잡혀서 매달렸다.

그 플레이어들을 구하기 위해 화살을 메기려 했을 때——.

"——윽?! 전원 방어!"

세이 누나가 지시한 것과 동시에 후위 마법사들이 협력하여 전방위에 방어마법을 펼쳤다.

그러자 거대 거미가 거미집의 반발력을 이용해 단숨에 우리 후위가 모여 있는 곳 위까지 뛰어왔다.

그리고 착지한 것과 동시에 거미집 사이로 바늘 같은 털을 퍼부었다.

"겨우 막아낼 수 있겠네."

마법사 전원이 전방위에 방어마법을 전개하고 그 안에 한데 뭉쳤다.

각개격파 당하지 않기 위해 원진을 펼친 뒤 한순간 안심했지만, 거대 거미는 꼬리 끄트머리에서 실을 뿜어낸 뒤 그것을 뒷다리로 둥글게 뭉치기 시작했다.

"모두 방어를 해제하고 산개!"

그리고 만들어낸 실뭉치를 거미집 위에서 떨어뜨렸다.

해제하지 않고 남겨두었던 정면의 방어마법이 실뭉치로 인해 산산조각이 났다.

"당할 순 없죠! 큭, 꺄악——?!"

"꺄악!"

세이 누나의 지시를 듣고 플레이어들이 산개하긴 했지만, 가운데 부근에 있어서 미처 피하지 못한 미니츠.

루카토는 그런 미니츠를 지키기 위해 정면으로 바스타드 소드를 내밀어 막으려 했지만 미니츠와 함께 튕겨져 나갔다.

『뀨우~!』

미니츠와 루카토는 부서진 방어마법과 함께 뒤쪽으로 튕겨져 나갔지만, 까맣고 부드러운 무언가가 그녀들을 받아냈다.

"어? 어라? 이게 뭐지?"

"자쿠로! 잘 했어!"

자쿠로는 세 꼬리 중 두 개를 뻗어 튕겨져 나간 두 사람을 받아내고 나머지 꼬리로 실뭉치를 노리고 있었다.

하지만 거대 거미는 바로 실뭉치를 떼어내고 다시 거미집 위를 뛰어다니기 시작했다.

『뀨우~.』

"그렇게 풀죽지 마. 처음 전투치고는 대단했으니까."

나는 미니츠와 루카토를 구한 자쿠로를 칭찬해준 다음 반격하기 위해 도망친 거대 거미를 올려다보았다.

"자쿠로도 열심히 싸우는데 뒤처질 순 없지. ──《존 숏 봄》!"

지속성 《봄》의 상위마법인 유도 폭탄 마법 《숏 봄》에 [공간 계열] 스킬을 조합시켰다.

거미집 위에서 눈에 보이는 범위 안에 유도 폭탄 세 발이 발동되었다.

『푸샤아아아아아아아아──!』

지근거리에서 생겨난 유도 폭탄 세 발이 거대 거미에게 날아들어 다중 폭발을 일으켰다.

하나의 대상에 한 번만 걸 수 있는 제약이 있는 《존 봄》은 밀집 지역에서 체인 보너스를 노릴 때는 효과적이지만, 적이 혼자 있을 때는 써먹을 수가 없다.

반대로 《존 숏 봄》은 적 MOB이 아니라 인식한 공간을 대상으로 전개할 수 있기 때문에 단일 적 개체에게도 동시 폭파를 노릴 수 있다.

"뭐, 맞긴 했지만 역시 레이드 보스라 그런지 손맛이 없네."

그렇게 뭉게뭉게 피어오르는 노란색 연기 속에서 거미집을 타고 도망치기 시작한 거대 거미.

"발동시키는 《숏 봄》의 숫자를 더 늘려볼까."

내 경우에는 내 MP 수치에 따라 동시 좌표 발동이 가능하기 때문에 발동시킬 수 있는 숫자는 MP의 최대치에 좌우된다.

그리고 발동시키는 마법의 숫자를 늘리면 그만큼 필요한 MP도 늘어나고, 다음 스킬을 사용할 수 있게 되기까지 대기시간(딜레이 타임)이 길어진다.

"한 발당 명중률은 좋을지 몰라도 MP 효율이 안 좋으니까."

내 MP로 《숏 봄》을 동시에 발동시킬 수 있는 최대 횟수는 다섯 발이 한계일 것이다.

세이 누나는 [지연] 계열 센스와 조합시켜서 20발 이상의 마법을 전개할 수 있는데, 그렇게 생각하며 MP 포트로 회복했다.

전위는 공격 명중률이 나쁘긴 하지만 원거리 아츠로 조금씩 대미지를 입히고 있었다.

후위도 대미지를 입히기 위해 마법을 계속 날려서 전위보다 많은 대미지를 입히고 있었지만, 너무 대미지를 많이 입혀서 어그로 수치를 많이 쌓아버리면 후위에게 단숨에 달려들 가능성이 있다.

어떻게 하면 잘 쓰러뜨릴 수 있을까, 공략법을 생각하며 초반전이 지나갔다.

●

거대 거미의 움직임에 조금씩 익숙해져서 공격을 맞출 수 있게 된 후위 마법사들.

그로 인해 거대 거미에게 일정한 대미지를 입히면 거미집에서 떨어진다는 것을 알 수 있었다.

후위가 사용한 마법으로 거대 거미를 지면에 떨어뜨린 뒤 전위가 집단으로 공격을 가한다, 그런 공략법이 임시로나마 정해지자 플레이어들에게 기세가 붙었다.

"후위 마법사, 탄막이 얇아! 마법을 더 늘려! 전위는 떨어지면 포위해!"

미카즈치의 지시에 따라 후위가 일제히 거대 거미에게 마법을 날렸다.

"간다. ──《아쿠아 배럿》! 《아이스 랜스》!"

"이건 어때! ──《존 숏 봄》!"

세이 누나가 모아두었던 수십 발의 마법을 단숨에 해방시켰다.

아무리 움직임이 빠르다 해도 탄막 같은 마법을 거대한 몸집으로 다 피하지는 못하고 맞아버렸다.

그리고 다시 도망치려 한 방향에 내가 유도 폭탄을 만들어내 지근거리에서 다중 폭발을 일으켰다.

"떨어졌다! 지금이야! 단숨에 공격을 가해라! ──《육연선타》!"

"이건 피할 수 없겠지! ──《나인 소드 슬래시》!"

육각곤 찌르기를 연속으로 날리는 미카즈치와 9연속 베기 아츠로 측면에 공격을 가한 뮤우.

바늘 같은 털이 대미지를 경감시키고 대미지 일부를 상태 이상과 함께 플레이어에게 반사했지만, 그럼에도 불구하고 지상에서 공격당하는 것은 싫다는 듯이 긴 거미 다리를 휘두르며 도망치려 했다.

그리고──.

"도망치지 마. 좀 놀다 가라고!"

『푸샤아아아아아.』

어느새 거미집 위로 올라가 있던 타쿠가 거미줄 사이로 떨어지는 것과 동시에 거대 거미의 등에 장검을 찔렀다.

뿌리까지 박힌 장검을 뽑아내고 날뛰는 거대 거미 등에서 뛰어내린 타쿠.

하지만 대미지를 입히면 입힐수록 반사 대미지도 커지는 지 타쿠는 HP가 많이 줄어들었고 강한 [독]과 [저주] 상태 이상에 걸려 있었다.

"미안해! 회복 부탁할게!"

"그래그래, 조금만 기다려. ──《하이 힐》, 《큐어》, 《디스펠》!"

회복 담당인 미니츠가 재빠르게 타쿠의 HP와 상태이상을 회복시키고 다시 전위쪽으로 내보냈다.

"음~. 회복마법의 사용 빈도가 좀 높은 것 같은데. 윤, MP 포트 좀 나누어줄래?"

"자. 그리고 MP를 절약할 거면 [독]하고 [저주] 상태이상 회복약도 줄까?"

"고마워. 잘 쓸게."

후위인 나와 미니츠는 그렇게 이야기를 주고받으며 전투 중에도 더욱 효율적인 움직임을 모색했다.

거대 거미는 공격력이 그렇게 높지 않지만, 반사 대미지와 상태이상이 골치 아프기 때문에 회복마법 수요도 많았다.

반대로 말하자면 그게 전부였기에 안전에만 신경 쓰면 쓰러질 가능성은 낮다.

실제로 무리하게 공격하던 전위 플레이어는 쓰러진 다음 바로 소생약을 써서 전선에 복귀했다.

하지만 지금까지 알아낸 거대 거미의 능력만으로 우리보다 먼저 도착한 파티가 전멸했을 것 같지는 않았다.

그런 생각을 하고 있자니 지면에 떨어진 거대 거미가 플레이어들이 방해하는 것을 뿌리치고 재빠르게 움직여 거미집 위로 도망쳐버렸다.

그런데 이번에는 행동이 약간 달랐다.

"나무 꼭대기로 도망친다!"

누군가가 그렇게 말하자 우리는 거대 거미를 올려다보았다.

『푸샤아아아아아아──.』

그리고 나무 꼭대기에서 털을 곤두세운 다음 다리를 비비며 까만 가루를 바람에 날리기 시작했다.

"상태이상에 걸릴 가능성도 있으니까 거리를 벌리고 포션을 준비해!"

미카즈치의 지시에 따라 모두가 거리를 벌렸다.

그 가루는 곧바로 바람에 녹아들어 보이지 않게 되었고, 모두가 보이지 않는 위협을 경계했다. 하지만 아무도 상태이상에 걸리지 않았다.

그 대신 주위와 목화 같은 거미줄 덩어리 안에서 까맣고 작은 거미들이 우글우글 나타났다.

"쳇, 부하를 부르는 행동이었나!"

"──윽?!"

나도 모르게 소리없는 비명을 질러버린 나를 보고 옆에서 있던 리리도 얼굴이 새파랗게 질려 있었다.

시야 한가득 부스럭거리며 움직이는 새까맣고 작은 거미들── [쁘띠 어비스 스파이더].

"으아아아앗?! 으응?!"

작은 거미라 해도 크기는 사람의 머리 정도였고, 뛰어오르거나 거미줄을 사용해서 이동하기도 했다.

차례차례 나타난 작은 거미들이 플레이어의 얼굴이나 몸에 달라붙어 물어뜯었고, 바늘처럼 얇은 털이 몸에 박혔다.

"작은 거미를 달라붙게 하지 마! 움직이지 못하게 된다!"

미카즈치가 육각곤을 크게 휘둘러 작은 거미들을 떨쳐내면서 플레이어들에게 지시를 내렸다.

처음에 달라붙었던 플레이어 몇 명은 아군의 도움을 받아 작은 거미를 떼어냈지만, 안색이 좋지 않은 걸 보니 정신적인 대미지가 더 큰 것 같았다.

그렇게 작은 거미들 중에는 거미줄로 만든 하얀 덩어리를 끌고 거대 거미 앞까지 가져다주는 개체도 있었다.

그리고 옮겨온 하얀 덩어리에 이빨을 박아넣는 거대 거미.

내용물을 빨아먹은 거대 거미는 하얀 덩어리가 줄어드는 것과 동시에 HP를 회복시켰다.

"으엑…… 뭔가 빨아먹고 있는데."

"골치 아프군. 저 하얀 덩어리를 제일 먼저 공격해! 거대 거미에게 옮겨가기 전에 파괴해!"

미카즈치가 지시를 내린 것과 동시에 전위들이 움직이기 시작했지만, 작은 거미들이 방해했다.

"윤! 부하들을 처리해줘!"

타쿠의 목소리를 듣고 나는 닭살이 돋은 팔을 쓰다듬으며 우글우글 꿈틀거리는 작은 거미 무리를 바라보아야만 했다.

"알았어! ──《궁기 · 질풍일진》!"

나는 하얀 덩어리를 향해 화살 한 발을 날렸다.

그 화살을 기점으로 발생한 풍압이 작은 거미들을 차례차례 해치우며 공백을 만들어냈고, 하얀 덩어리까지 길을 만들었다.

"윤! 뒷일은 맡긴다!"

"뒷일은 맡긴다니…… 히이이익!"

전위의 움직임을 막기 위해 꿈틀대고 있던 작은 거미들이 일제히 나를 돌아보았다.

빨갛게 빛나는 수많은 눈을 보고 생리적 혐오감으로 인해 더 큰 비명을 질렀다.

"윤이 혼자서 어그로를 너무 많이 끌었구나! 후위는 윤을 지키자! ──《아이스 에이지》!"

그렇게 말하고 지팡이를 들어 올린 세이 누나는 나를 기점으로 삼아 지면에 하얗게 얼어붙은 영역을 만들었다.

빙속성 마법인 《아이스 에이지》는 [속도 저하]와 [냉기 대미지]를 가하는 범위 지원 마법이다. 그 위를 통과하여 내가 달려들려 하던 작은 거미들의 움직임이 느려졌고, 후위를 호위하던 리리와 루카토 일행에게 쓰러지기 시작했다.

하지만 숫자가 많고, 지속적인 냉기 대미지만으로는 쓰러지지 않았기에 후위를 지나쳐 접근해버렸다.

"으윽, ──[봄]! [클레이 실드]!"

다가오는 작은 거미에게 매직 젬을 던져서 대처했다.

다가온 작은 거미 몇 마리를 [봄] 마법으로 한꺼번에 날리고, [클레이 실드] 매직 젬으로 토벽을 만들어내 다가오지 못하게 막으려 했지만, 토벽을 뛰어넘어서 다가왔기에 시간을 버는 것이 한계였다.

그리고──.

"히익! 이놈!"

"윤 씨?! 큭!"

"이쪽도 숫자가 많아. ──《소드 댄스》!"

지상에 있는 작은 거미들에게 대처하기 벅차서 머리 위에 쳐져 있던 거미집에서 떨어지는 작은 거미들을 대처하지 못했다.

한 마리가 떨어지는 것과 동시에 내 팔에 달라붙었기에 떨쳐내고 벨트에 차고 있었던 식칼을 빼들어 찔러서 쓰러뜨렸지만, 그것을 계기로 차례차례 떨어져서 후위 플레이어들에게 달라붙기 시작했다.

루카토가 바스타드 소드를 한 번 휘둘러 여러 마리를 쓰러뜨렸고, 리리가 양손으로 나이프를 휘둘러 빠르게 쓰러뜨려 나갔지만 이쪽까지 도와주지는 못했다.

"──《그람 소드》! 하앗! 타앗!"

"나도 질순 없지! 하아앗!"

그런 상황에서 세이 누나는 하급 마법을 수십 발씩 유지
하며 지팡이에 물의 칼날을 만들어낸 뒤 덮쳐드는 작은 거
미를 베었다.

미니츠는 메이스를 휘둘러 작은 거미들을 차례차례 박살
냈고, 약간 대미지를 입더라도 자신의 회복마법으로 치유
한 뒤 용감하게 작은 거미를 쓰러뜨리고 있었다.

그리고 의외로 분투한 것이── 자쿠로였다.

"자쿠로, 대단한데! 졸병에게는 강하구나. 나하고 똑같네."

세 개로 늘어난 꼬리를 뻗어 후려치는 듯이 작은 거미들
을 쓰러뜨려 나갔다.

꼬리 끄트머리에 각각 여우불을 띄우고 공격하는 것뿐만
이 아니라 여우불로 추가 대미지도 입혔다.

한심한 나 대신 분투하는 자쿠로를 보고 조금이나마 용기
가 났고, 나도 의욕이 생겼다.

"자쿠로에게 질 수는 없지! 사라져버려! ──《존 봄》!"

전부 다 대상으로 잡기에는 숫자가 너무 많지만, [하늘의
눈]으로 《봄》의 폭발 범위 안에 있는 작은 거미를 표적으로
삼고 《봄》 마법을 발동시켰다.

MP가 되는대로 《봄》을 발동시켜 기점으로 삼은 작은 거
미 주위를 폭발시켜서 작은 거미의 숫자를 대폭 줄였다.

"윤, 멋지게 활약하네. ──《다이아몬드 더스트》!"

세이 누나가 모으고 있던 상급 마법이 머리 위로 쳐져 있던 거미줄 위에 있는 거대 거미를 기점으로 퍼져 나갔다.

공기 안에 있는 수분이 얼어붙고 빛을 반사하며 반짝이는 광경이 예쁘긴 했지만, 그 범위에는 무시무시할 정도로 강한 냉기가 퍼져 나갔다.

그 냉기 덩어리에 닿은 거대 거미가 털을 곤두세우고 다리를 오므린 채 거미줄 위에서 떨어졌다. 그리고 작은 거미들도 냉기를 견디지 못하고 마비되어 뒤집어진 채 빛의 입자로 변해 사라졌다.

"세이 누나, 나보다 대단하네."

"윤이 여유를 만들어준 덕분이야."

《존 봄》 이상으로 부하 섬멸에 공헌한 세이 누나가 그렇게 대답해주었다.

"지금이다! 부하도 사라졌다! 둘러싸고 공격해!"

미카즈치의 호령에 따라 전위들이 차례차례 공격해서 대미지를 입혀 나갔다.

"세 조로 나뉘어라! 1조와 2조는 교대로 거대 거미를 공격해! 3조는 방해받지 않게끔 부하 잔당들을 없애!"

바늘 같은 털의 반사 대미지를 입고 회복하기 위해 교대한 틈을 타 거미집 위로 도망치기를 이미 몇 번 반복한 바 있다.

그 점을 감안해서 두 조로 나뉘어 교대로 움직임을 막는 미카즈치 일행.

전위를 여러 조로 나눔으로써 교대할 때 발생하는 틈을 줄이고 교대한 뒤에 회복을 빠르게 진행할 수 있게끔 만들었다.

"저렇게 많이 둘러싸면 각자 공격하기 힘들 테니까 몇 명은 부하를 쓰러뜨릴까."

[어비스 스파이더]는 레이드 보스이긴 하지만 크기는 중형 이상, 대형 미만이기 때문에 한 번에 맞설 수 있는 플레이어의 숫자가 제한되어 있다.

남은 전위 3조와 후위인 우리는 부하를 없애며 보조를 맡았다.

내가 인챈트를 겹쳐서 걸고 세이 누나와 미니츠가 전위를 계속 회복시키는 와중에 루카토와 리리는 근처에 있던 부하를 한 마리씩 쓰러뜨리고 있었다.

"일단 괜찮은 느낌으로 공격하고 있는 건가?"

도망치려 하는 거대 거미를 막고 공격을 가해 한때는 9할까지 회복되었던 HP를 8할까지 줄일 수 있었다.

하지만 거대 거미도 일방적으로 당하지만은 않았다.

『푸샤아아아아아아──.』

"쳇, 피해라!"

둘러싸인 상황에서 탈출하기 위해 꼬리 끄트머리를 높게 들어올리고 주위에 거미줄을 흩뿌렸다.

그것이 바람을 타고 전위들의 팔다리에 닿아 순간적으로

굳었다.

"꺄악?! 진짜, 찐득찐득해!"

"젠장, 안 떨어져! 움직이면 움직일수록 달라붙는데!"

미카즈치를 포함한 몇 명은 피할 수 있었지만, 뮤우와 타쿠를 포함한 전위들이 거미줄에 잡혀버렸다.

거대 거미는 그 틈을 타 도망쳤고, 전위 플레이어들이 쫓아갔지만 작은 거미들이 몸을 던지며 방해했기에 거미집 위로 도망쳐버렸다.

그리고——.

"어? 매달린다?!"

"젠장, 안 끊어져!"

거대 거미가 머리 위에서 앞다리를 움직여 실을 끌어당기는 듯한 시늉을 하자 거미줄에 잡힌 뮤우와 타쿠 같은 전위들이 매달려버렸다.

지면에 발이 닿지 않아 뮤우 일행이 버둥거리는 와중에 나는 활에 화살을 메기고 매달려 있는 거미줄을 노리며 다른 플레이어들이 매달렸을 때처럼 차례차례 화살을 날려 실을 끊고 지면으로 내려오게 했다.

리리도 장비를 투척 나이프로 전환하고 날려서 짧은 시간 만에 전위를 구해낼 수 있었다.

"윤 언니! 리리 군! 고마워!"

"땡큐~, 좋아. 반격해볼까!"

뮤우와 타쿠는 깔끔하게 착지했다. 그런데 풀려난 플레이어들에게 추격타를 날리기 위해 거대 거미가 거미집 위에서 실뭉치를 만들기 시작했다.

"태세를 바로 잡을 시간을 벌자! ——《존 숏 봄》!"

『푸샤아아아아아아——!』

지근거리에 만들어낸 유도 폭탄 다섯 발을 등에 맞고 비명을 지르는 거대 거미.

노란 연기가 피어오르는 와중에 그 연기를 뚫고 높게 뛰어오른 거대 거미가 똑바로 내 위를 향해 날아들었다.

"후위, 산개해!"

이번에는 실뭉치 때문에 후위가 무너지지 않게끔 미리 흩어지라고 지시를 내린 세이 누나.

하지만 여러 마법 스킬을 발동시킨 경직 시간 때문에 그 자리에서 움직이지 못하는 내가 남아서 혼자 거대 거미와 맞서게 되어버렸다.

『푸샤아아아아아——!』

"윤!"

위협하는 듯이 소리를 지르는 거대 거미의 꼬리 끄트머리에서 뻗어나온 실뭉치가 내게 날아들자 자쿠로의 꼬리 세 개가 내 몸을 감싸고 실뭉치를 막아냈다.

"뀨우!"

"——자쿠로?!"

하지만 아무리 자쿠로의 꼬리가 자동 방어 기능을 지니고 있다 해도 속도와 질량이 실린 공격을 맞고 밀려났다.

자쿠로가 소형 보조 타입 사역 MOB이기도 했기에 머리 위에서 떨어진 실뭉치로 인해 나는 자쿠로의 꼬리에 감싸진 채 뒤쪽으로 튕겨져 나갔다.

"큭! 으윽!"

"뀨우우——!"

꼬리로 나를 감싸고 있었기 때문에 내게 끌려가는 듯이 뒤쪽으로 튕겨져나간 자쿠로.

자쿠로 덕분에 나는 대미지를 경감시킬 수 있었지만, 자쿠로는 까만 털이 너덜너덜해진 상태였다.

"자쿠로…… 지금 회복시켜줄게."

나는 일어서서 괴로운 듯이 몸을 웅크리는 자쿠로에게 다가가 인벤토리에서 꺼낸 포션을 뿌렸다.

한 번에 HP를 많이 잃은 자쿠로는 [기절] 상태이상에 걸렸지만, 털이 더러워진 부분이 사라지고 괴로워하지도 않게 되었다.

"휴우, 다행—— 끄악!"

안도의 한숨을 쉰 나는 갑자기 몸이 공중에 뜬 느낌이 들어 살짝 비명을 질렀다.

한순간 무슨 일이 일어났는지 알 수가 없어서 재빨리 기절한 자쿠로를 지키기 위해 두 팔로 안아 들자 발이 지면에서 떨어져 있는 것이 보였다.

『푸샤아아아아아아——!』

"윤 언니! 지금 구해줄게! 크윽, 걸리적거려!"

도와주는 쪽이었던 내가 그물 모양 거미줄에 붙잡혀 매달려 있다는 것을 알 수 있었다.

그리고 그런 나를 구하려고 뮤우가 달려오다가 중간에 어느새 새로 불러낸 작은 거미들에게 공격받고 있었다.

"리리는…… 손을 쓸 수가 없구나. 나 혼자 탈출할 수는 없나?"

무릎을 감싸는 것처럼 몸을 웅크린 자세로 잡혔고, 왼팔로 자쿠로를 끌어안았다.

불편한 자세로 꺼낸 식칼의 칼날을 거미줄 그물에 가져다 대보았지만, 자를 수는 없었다.

"안 되겠네. 그래도 몇 십 번 하다 보면 혼자서 탈출할 수 있을 것 같은데. 제일 자르기 쉬운 건 매달고 있는 거미줄인가?"

그물 안에는 공간이 없었고, 자세도 불편했기에 동작이 큰 장궁은 쓸 수 없고, 방금 전에 《존 숏 봄》을 잔뜩 써서 MP도 별로 남지 않은 데다 스킬 대기시간이 남아 있다.

내가 할 수 있는 건 거의 없어서 도와주기를 기다리는 상태다.

아래쪽에서는 우리를 구하려고 작은 거미들을 해치우거나 끌고 가는 하얀 덩어리를 먼저 파괴하는 등, 각자 가장 적합한 역할을 맡아 효율 좋게 전투의 역할을 수행하고 있었다.

"저 하얀 덩어리는 역시 거대 거미의 식량 같은 거겠

지……."

거대 거미가 저 안에 들어 있는 것을 빨아먹고 HP를 회복시킨 걸 보니 그런 상상이 들었다.

그리고 거미줄에 잡혀 있는 나도——.

"역시 우리를 먹이 취급하는구나!"

머리 위에서 내려다보고 있던 거대 거미가 내가 있는 쪽으로 내려왔다.

나를 매달고 있는 거미줄을 타고 바로 위에서 내려오는 거대 거미를 올려다보니 세 쌍의 새빨간 눈과 눈이 마주쳤다.

거대 거미의 이빨 끝에서 타액 같은 노란 액체가 흘러내려 내 어깨와 볼에 떨어지자 하얀 연기가 피어올랐고, 나는 약간의 자극과 함께 대미지를 입었다.

노란 액체가 자쿠로에게 닿지 않게끔 몸을 비틀며 조금이라도 피하려 했다.

저 타액으로 먹이를 찐득찐득하게 녹인 다음 빨아먹어서 HP를 회복시키는 건지도 모르겠다는 기분 나쁜 상상이 들었다.

"플레이어가 일정 시간 이상 잡혀 있으면 이렇게 먹이가 되는 건가? 잡아먹히는 건 싫은데."

먼저 전투를 벌이던 파티가 전멸한 이유가 거대 거미의 먹이가 되었기 때문 아닐까, 그렇게 상상하는 동안에도 내 눈앞까지 슬금슬금 내려오는 거대 거미.

"——뀨우?!"

[기절] 상태에서 회복되어 눈을 뜬 자쿠로는 눈앞에 있던 거대 거미를 보고 몸의 털을 곤두세우며 위협했다.

작은 여우가 거대 거미에게서 한 발짝도 물러서지 않고 맞서는 모습을 보니 파트너로서 기쁘기는 한데, 궁지에 처한 상황에서 무리를 할 필요는 없다.

"자쿠로는 억지로 함께 있지 않아도 돼. ——《송.》"

다가오는 거대 거미의 이빨을 바라보면서 자쿠로를 돌려보내기 위해 《송환》 스킬을 발동시키려 했지만, 안고 있던 자쿠로가 내 품속으로 가라앉는 듯이 사라졌다.

『뀨우!』

머릿속에 울리는 자쿠로의 울음소리와 함께 나를 붙잡고 있던 거미 그물 안에서 불꽃이 솟구쳤다.

●

나를 중심으로 불꽃이 뿜어져 나왔고, 휩쓰는 듯이 그물을 불태우며 거대 거미에게 날아들었다.

조금씩 거미줄로 퍼져나가는 불꽃은 자쿠로의 여우불 같았다.

그리고 그런 불꽃을 보고 놀라면서도 열기를 느끼지 못한 나는 어떻게 된 건지 확인하기 위해 품속에서 사라진 자쿠로를 찾아보았다.

그러자 사라진 자쿠로 대신 내 허리 근처에서 오커 크리에이터 외투를 밀어내는 듯이 빠져나온 까만 꼬리 세 개와 머리에 나 있는 여우귀를 발견했다.

"이게 뭐야? 자쿠로가 한 건가?"

『큐우!』

그렇다는 듯이 머릿속에 울리는 자쿠로의 울음소리.

그리고 멋대로 움직이는 세 꼬리가 지글지글 타오르는 거미 그물 일부를 잡고 억지로 끊어서 구멍을 뚫었다.

『푸샤아아아아아아──!』

거대 거미는 나를 놓치지 않겠다며 앞다리를 뻗었지만, 나는 등 쪽으로 떨어지는 듯이 그물에서 빠져나와 공중에서 장궁에 화살을 메겼다.

"복수다! ──《궁기 · 단발꿰기》!"

거대 거미는 거미집 위에서 빠르게 돌아다녔고, 지상에서는 전위들에게 가로막혀서 맞추기 힘들었지만, 이렇게 가까운 거리에서는 맞출 수 있다.

떨어지면서 날린 아츠의 화살은 일직선으로 날아가 거대 거미의 눈 중 하나에 꽂혔다.

『푸샤아아아아아아──!』

"좋았어! 앗, 착지를 생각 못 했네!"

나는 지근거리에서 강렬한 화살을 눈에 맞고 어색한 움직임을 보이며 괴로워하는 거대 거미를 보면서 등 쪽으로 떨어졌다.

아츠를 사용해서 생겨난 경직시간 중에 착지하기 위해 몸

을 틀었지만 제때 맞출 수가 없었다.

플레이어의 스테이터스로 낙하 대미지는 어느 정도 경감되긴 하겠지만, 낙하의 충격과 통증에 대비해 나는 눈을 꽉 감고 참았다. 하지만 지면에 내동댕이쳐지기 전에 나를 누군가가 받아냈다.

"어이쿠, 안 늦었네."

"……타쿠?"

"그래. 그건 그렇고 참 재미있는 모습이 되었구나."

등쪽으로 떨어진 내 밑으로 파고들어 무릎을 굽히면서 낙하의 충격을 없애고 부드럽게 받아낸 타쿠.

떨어지면서 긴장한 탓에 굳었던 몸에서 힘이 빠져나가 잠시 멍해졌다.

하지만 그런 우리를 본 주위 사람들은──.

"으으! 저 위치에 내가 있었으면 내가 윤 언니를 받아줬을 텐데!"

"어머어머, 타쿠 군이 받아줬구나. 고마워."

묘한 대항의식에 불타오르는 뮤우와 타쿠에게 고맙다고 인사를 하는 세이 누나.

"휘익~, 아가씨를 받아내다니, 꽤 하는데."

"아앗! 또 타쿠가 짭짤한 장면을 빼앗아갔어! 우우~!"

"""우우~!"""

놀리면서 휘파람을 부는 미카즈치와 나를 받아낸 타쿠에게 야유하는 간츠, 그리고 남자 플레이어 몇 명.

"오~, 타쿠찌. 멋지네."

"어, 앗…… 저기, 멋진 걸 봤어요."

솔직하게 감탄하는 리리와 살짝 얼굴을 붉히며 쑥스러워하는 루카토. 그리고 미니츠를 포함한 여자 플레이어들이 소리를 지르고 있었다.

나는 아군 플레이어들의 반응을 보고 의아해하면서 현재 상황을 확인했다.

나를 받아낸 타쿠의 팔 한쪽은 내 무릎 아래, 다른 한쪽은 등을 받치고 있어서—— 이른바 공주님 안기 상태였던 것이다.

"잠깐, 내려줘! 지금 당장 내려줘! 창피해!"

"날뛰지 마. 혀 깨문다. 그리고——."

주위를 반응을 보고 나는 허둥대며 지면으로 내려가려고 날뛰었지만 타쿠의 팔에 잡혀서 빠져 나갈 수가 없었다.

타쿠는 그런 나를 달래면서 눈에 화살을 맞고 괴로워하던 거대 거미가 부활해서 이쪽으로 바늘 같은 털을 쏟아붓자 스텝을 밟으며 피했다.

"——윽?!"

나도 적의 공격을 피해 도망치는 타쿠를 방해하지 않기 위해 조용히 품속에 있었다.

거대 거미의 바늘비에 타쿠가 맞을 뻔했지만, 자쿠로가 꼬리로 자동 방어하여 바늘비로부터 나와 타쿠를 지켜주었다.

"좋아, 여기까지 오면 괜찮겠지. 내려줄게. 윤."

"······응, 고마워. 타쿠."

그리고 후위가 있는 곳까지 도망친 타쿠가 나를 지면에 살며시 내려주었다.

"그럼 나는 전위 쪽으로 돌아갈게!"

그렇게 말하며 다시 뛰어가기 시작하는 타쿠.

"좋았어! 다시 거미집에서 떨어뜨린 다음 공격하자! 세이!"

"간다! ──《아이스 랜스》!"

얼음창 수십 개가 도망쳐다니던 거대 거미를 잡아 지면에 떨어뜨리자 미카즈치와 전위들이 공격을 가하기 시작했다.

그 뒤로는 거미집에서 떨어뜨리고 공격을 가한 다음 다시 거미집 위로 도망치면 떨어뜨리기를 반복해서 조금씩 거대 거미의 HP를 줄였다.

그리고 남은 HP가 3할 아래로 떨어지자 거대 거미가 다시 작은 거미들을 불러 모았고──.

"회복하려 한다! 저지해!"

미카즈치가 한 말을 듣고 모두 함께 작은 거미를 해치운 뒤 작은 거미가 끌고 온 하얀 덩어리를 빨아먹기 위해 내려온 거대 거미에게 다가가려 했다.

나도 작은 거미를 조금이라도 더 줄이기 위해 《궁기·질풍일진》과 《존 봄》을 사용했다.

스킬을 발동한 뒤에 생긴 경직시간이나 사각에서 공격이 날아들 때는 내게 달린 꼬리 세 개가 자동으로 방어해주었다.

"그러고 보니 저기에 독을 탈 수 있을까? 해볼 가치는 있겠지."

나는 혼자서 조용히 중얼거린 뒤 인벤토리에서 [마비] 상
태이상약을 합성시킨 화살을 꺼냈다.

그리고 그것을 화살에 메긴 뒤 하얀 덩어리 쪽으로 날렸다.

거대 거미 근처에 있던 하얀 덩어리 중 하나에 [마비] 합
성화살이 꽂혔고, 화살이 박힌 부분이 천천히 노란색으로
변했다.

거대 거미는 그렇게 노란색으로 변한 덩어리를 빨아먹기
위해 이빨을 박아넣었다.

『푸, 푸샤아아…….』

그리고 빨아먹자마자 힘없는 울음소리를 내며 [마비] 상
태에 걸려 다리 여덟 개를 기묘하게 떨고 있는 거대 거미.

"어떻게 된 건지는 모르겠지만 지금 단숨에 공격해!"

미카즈치가 호령한 것과 동시에 [마비]되어 움직임이 둔
해진 거대 거미에게 차례차례 아츠가 작렬했다.

그리고 그대로 밀어붙이는 형태로 거대 거미를 쓰러뜨리
자 거대 거미가 빛의 입자로 변해 사라졌다.

──긴급 R퀘스트 : 어비스 스파이더 토벌.
깨어난 [어비스 스파이더]를 여러 파티와 협력하여 쓰러뜨려
라── 1/1

갑작스럽게 시작된 레이드 보스와의 전투가 끝나자 우리

는 안도의 한숨을 쉬었다.

그리고 거대 거미인 어비스 스파이더가 사라지자 솜 같은 거미줄을 달고 있던 나무로부터 빛의 입자가 흘러넘치며 주위로 퍼져 나갔다.

그 광경은 마치 하얀 벚꽃 눈보라 같았고, 빛의 입자가 곧바로 공중으로 녹아들자 남은 것은 앙상한 나무 한 그루에 불과했다.

"목화 같은 나무를 보면서 꽃구경을 하려고 했는데, 나뭇잎도 없는 나무로 변해버렸네."

"꽃구경은 어떻게 하나요……."

"뭐, 우리는 원래 금강산도 식후경이라 생각하는 멤버들이지만."

그런 이야기가 들리는 와중에 나는 나뭇잎이 사라진 나무를 보고 쓸쓸한 마음으로 올려다보았다.

"모처럼 꽃구경을 하나 싶었는데, 그냥 소풍이 되어버렸네."

"뀨우~."

내 안에 들어와 있던 자쿠로가 목 뒤쪽으로 스르륵 빠져나와 외투 후드 안으로 쏙 들어간 다음 안타까운 듯한 소리를 냈다.

그리고 이 갑작스러운 퀘스트에 참가했던 플레이어들에게 새로운 연쇄 퀘스트가 발생하여 메뉴에 떴다.

——긴급 퀘스트 : 왕화앵의 꽃을 피워라. (남은 시간 72시간)

[어비스 스파이더]가 쓰러짐으로써 [왕화앵] 나무가 꽃을 피울 수 있게 되었다. 하지만 꽃을 피우기 위해 필요한 양분이 부족하다.

해당 기간 동안 일정 이상의 식물 재배에 유용한 스킬, 아이템을 사용하여 꽃을 피워라.

해당 기간이 지날 경우 [쁘띠 어비스 스파이더]가 새로운 둥지를 만들 것이다.

초특급 MOB인 그랜드 록의 체내 던전에서 이것과 비슷한 기간 제한 퀘스트가 발생했던 것이 생각나서 나무를 올려다보았다.

필요한 양분은——『0/300』이다.

"리리, 잠깐만 와봐!"

"응!"

내가 부르자 리리가 네시아스와 함께 다가왔다.

리리의 메뉴에도 퀘스트가 뜬 모양이었다.

"그러니까 식물에게 영양분을 주면 된다는 거지?"

"그래. 저번에 맡긴 재배 도구 가지고 있어?"

"인벤토리에 넣어뒀지!"

그렇게 말한 뒤 삽과 [중급 비료], [식물 영양제] 등을 꺼낸 리리.

"그럼 시작해볼까!"

우리는 꽃을 피우기 위해 움직이기 시작했고, 어떻게 도와줘야 할지 모르는 미카즈치와 다른 사람들이 멀리서 이쪽을 보고 있었다.

나와 리리는 신경 쓰지 않고 작업을 진행해나갔다.

"여기 흙은 단단하니까, 윤찌, 살짝 파내서 새로운 흙으로 교체하자!"

"그럼 처음에는 부엽토하고 [중급 비료]를 둘 다 써볼까."

그렇게 말하면서 삽으로 나무의 두꺼운 뿌리 근처의 흙을 치우고 인벤토리에 넣어두었던 부엽토와 중급 비료를 7대3 비율로 섞은 흙으로 교체했다.

『──부엽토 : 양분 + 20pt, 중급 비료 : 양분 + 50pt 추가. 나머지 70/300.』

보아하니 부엽토와 중급 비료는 각각 다른 양분 보급 아이템으로 취급되는 것 같다.

"윤찌, 물을 주고 싶으니까 뤼이찌를 불러줄래?"

"알았어. 뤼이, 네 차례야──《소환》!"

거대 거미인 어비스 스파이더와 전투를 벌일 때는 상성이 안 좋겠다고 판단하고 소환석으로 되돌렸던 뤼이를 다시 소환해서 물주는 역할을 맡겼다.

어쩔 수 없다는 듯이 한숨을 쉰 뤼이가 나무의 뿌리 근처에 물을 뿌리자 나무뿌리가 물을 빨아들이기 시작했지만, 물이 부족한 모양이었다.

"저기, 윤. 나도 할 수 있는 게 있을까?"

"윤 언니! 나도 돕고 싶어!"

"세이 누나, 뮤우…… 그럼 세이 누나는 뤼이하고 같이 물을 줘. 뮤우는 어떻게 할까."

그렇게 말하고 세이 누나와 뤼이가 물을 주는 동안, 나는 뮤우에게 부탁할 만한 것에 대해 생각해보았다.

"알았어! 식물에게는 햇빛이 필요하니까──《라이트》!"

"어? 지금은 나뭇잎이 없으니까 광합성은 못 하지 않나……. 아니, 괜찮은 거야?"

나뭇잎이 없는데도 불구하고 광합성을 해서 양분을 만들어내기 시작하다니, 왕화앵 나무는 완전히 판타지네. 이제 뭐든 상관없겠구나, 그렇게 생각하며 추가된 양분 일람을 보았다.

『──물주기 : 10pt, 광합성(광속성 마법) : 30pt 추가. 나머지 110/300.』

"나는 [식물 영양제]를 준비할 테니까, 시아찌하고 자쿠로찌는 재를 준비해줘!"

한편 리리는 물뿌리개로 뿌릴 [식물 영양제]를 [생명의 물]에 희석시키며 준비했다.

그리고 자쿠로와 네시아스에게는 리리가 꺼낸 목재와 [마죽림]을 태워달라고 했다.

목재와 [마죽림]을 태워서 만든 재를 나무에게 뿌릴 생각인 모양인데 보조계 사역 MOB인 자쿠로와 네시아스의 화력으로는 재로 만들 때까지 시간이 오래 걸리기 때문에 [화속성 재능]을 지닌 마법사들도 도와주었다.

그리고 새하얗게 탄 재를 풍속성 마법으로 나무 뿌리 근처까지 옮기자 양분으로 판정되었다.

『──생명의 물 : 20pt, 식물 영양제 : 100pt, 재 : 30pt 추가. 나머지 260/300.』

나는 또 써먹을 수 있는 아이템이 없는지 찾아보았다.

"……[제충향]이라. 벌레를 쫓는데 쓸 수 있으려나."

양분은 아니지만 그 작고 까만 거미들을 다가오지 못하게 하면 효과가 있을지 모른다는 생각으로 [제충향]을 태우자── 10pt가 추가되었다.

"이걸로도 올라가냐……."

그렇게 중얼거리면서 나머지 30pt를 어떻게 채울지 생각했다.

같은 종류의 아이템이나 스킬은 포인트 추가가 각각 한 번씩만 되는 모양이었다.

그리고 나는 써먹을 수 있는 마법이 없을지 메뉴를 띄우고 어떤 마법을 보았다.

"그러고 보니…… 익혔었지."

[염동] 센스의 레벨이 5가 넘어 《키네시스》 말고도 새로운 스킬을 익혔다.

써먹기가 힘들어서 괴짜 취급을 받는 HP, MP 양도 스킬인 《트랜스퍼》.

회복마법이나 포션으로도 거대 거미가 둥지를 틀고 있던 나무에게 양분을 줄 수 있겠지만, 왠지 모르게 그 마법을 선

택해보았다.

"뭐, 실험대로 삼는다 생각하고. ──《트랜스퍼》."

나는 [염동] 센스를 장비하고 나무줄기에 손을 댄 뒤《트랜스퍼》스킬을 사용하여 내 HP와 MP를 둘 다 양도하기 시작했다.

"오! 나도 도울게! ──《메가 힐》!"

"윤, 도와줄게. ──《리제네레이션》!"

"나도 할 거야! ──《메가 힐》!"

내 행동을 보고 회복마법을 사용할 수 있는 뮤우, 세이 누나, 미니츠도 돕자 나무를 살짝 감싸고 있던 따스한 빛이 전체적으로 퍼지기 시작했다.

그 광경을 보고 있던 다른 플레이어들도 나무를 올려다보고 감탄했다.

그리고.

『──생명력 양도 (회복마법) : 30pt. 나머지 300/300.』

긴급 퀘스트 : 왕화앵의 꽃을 피워라를 달성했다는 알림을 보고 나무줄기에 대고 있던 손을 살며시 뗐다.

앙상하던 나무를 올려다보니 조금씩 봉오리를 부풀린 다음 꽃을 피웠다.

옅은 분홍색으로 활짝 피어난 [왕화앵]이 머리 위에 퍼져나가자 미카즈치가 술병을 한 손으로 들고 앞으로 나섰다.

"──모두들, 꽃구경 시작이다아!"

""""우오오오오오오오──!""""

이 순간을 기다렸다는 듯이 큰 소리를 지르는 플레이어들.

처음에는 목화 같이 생긴 신기한 나무를 보며 꽃구경을 하려고 했는데, 예정과는 조금 다른 형태로 꽃구경을 하게 될 것 같다, 활짝 피어난 [왕화앵]을 올려다보니 그런 생각이 들었다.

종장　꽃구경과 왕화앵

갑작스럽게 시작된 레이드 보스 [어비스 스파이더]와의 싸움.

그 뒤로 이어진 [왕화앵의 꽃을 피워라]라는 긴급 퀘스트를 거쳐 꽃이 위쪽에 활짝 피어난 광경을 보고 있던 와중에 퀘스트 보수 아이템을 받았다.

왕화앵 묘목 [묘목]
특별한 벚꽃이 피어나는 나무. 그 나무에는 특별한 버찌가 맺힌다.
채집 기간 : 나흘에 한 번. 성장에 따라 수확량이 변화.

도등화 묘목과 마찬가지로 퀘스트 보수로 그 나무의 묘목을 손에 넣었다.

도등화는 매일 [소생약]의 소재로 쓸 수 있는 꽃잎을 떨어뜨리는데, 이것도 채집을 할 수 있는 기간이 나흘에 한 번으로 꽤 짧다.

어떤 느낌일까, 그렇게 인벤토리의 설명을 바라보고 기대하면서 미소를 지었다.

그리고 갑작스러운 퀘스트가 전부 끝나고 꽃구경 준비를 시작했다.

왕화앵 나무 아래에 돗자리를 깔고 그 위에 앉아 만들어 온 찬합과 차가 들어 있는 물통을 꺼냈다.

나 말고도 따로 음식을 가져온 플레이어들도 지인들과 함께 모여 꽃구경을 제각각 시작했다.

"그럼, 건배!"

"""건배~!"""

미카즈치 같은 성인 플레이어는 바로 술을 마시기 시작했다.

그리고 [헤매임의 숲]에서 발목이 잡혀 있던 플레이어들도 차례차례 도착해서 꽃구경에 끼어들었다.

"자, 우리도 시작해볼까?"

내가 찬합 뚜껑을 열자 뮤우와 다른 사람들이 안을 들여다보았다.

"우와아아앗! 이걸 윤 언니가 만들었어? 신난다! 대단해!"

"윤, 대단하구나. 하나 먹어도 될까?"

"뮤우, 세이 누나, 사양하지 말고 먹어."

그렇게 꽃구경이 시작되었고, 각자 가져온 음식과 음료수를 교환하기도 했다.

"나는 먼저 맛을 보았는데 역시 맛있다. 시아찌."

"응. 윤의 맛인데, 맛있어. 더 줘. 닭튀김으로 부탁해."

"윤, 나한테도 줘! 잔뜩 담아서!"

리리, 타쿠, 간츠는 돗자리에 앉지 못한 채 서서 도시락을 들여보았기에 내가 나누어주자 세 명 모두 곧바로 더 달라고 말했다.

"정말, 좀 천천히 먹으라고."

나는 한숨을 쉬면서 다시 접시에 담아주며 꽃구경을 하던 다른 플레이어들의 이야기에 귀를 기울였다.

[헤매임의 숲]을 빠져나오지 못해서 꽃을 피우는 퀘스트에 참가하지 못했던 플레이어들은 [헤매임의 숲]의 입구에서 올려다보고 이곳이 변화하는 것을 목격한 모양이었다.

목화 같은 나무처럼 보이던 것이 보스가 토벌된 직후에 거미집이 사라지고 빛의 입자가 눈보라처럼 휘몰아친 뒤 앙상한 나무가 나타났다. 그리고 시간이 조금 지나자 꽃이 피어나기 시작했다.

그런 이야기를 듣고 있자니 리리와 타쿠, 간츠가 찬합에 담겨 있던 요리에 만족한 건지, 아니면 여자가 많아서 껄끄러워서 그런지 모르겠지만 다른 곳으로 갔다.

그때 뮤우가 내게 물었다.

"저기, 윤 언니. 보스전 때 그건 뭐였어?"

"음~. 뭐였을까?"

뮤우는 내 옆에서 활짝 핀 채 바람에 흔들리는 벚꽃을 올려다보고 있던 자쿠로를 보았다.

성수화한 자쿠로의 능력은 뮤우뿐만이 아니라 세이 누나와 루카토, 미니츠도 흥미가 있는 모양이어다.

"저기, 한 번만 더 보여줘! 한 번만!"

"아니, 한 번만이라 해도 어떻게 하는지 모르니까."

자쿠로가 내 안에 들어와 일체화한 모습을 보고 싶었는지 재촉하는 뮤우.

하지만 어떻게 지시를 내려야 자쿠로와 일체화할 수 있는 지 모르겠다.

"그런데 여우귀와 꼬리가 달린 윤이 참 귀여웠지."

"맞아. 다음에 스크린샷 찍게 해줘!"

"좀 봐줘~."

뮤우와 함께 자쿠로와 일체화했을 때 내 모습을 칭찬하는 세이 누나와 미니츠.

그러는 한편, 나와 일체화한 자쿠로의 능력에 대해 루카 토가 생각하기 시작했다.

"일체화……. 플레이어가 사용할 수 있는 센스 중에는 그런 효과가 있는 센스가 없지만요, MOB의 고유 센스에는 비슷한 능력이 있을 거예요."

"호오, 그렇구나."

"네. 스피릿 같은 영체 계열 MOB 중에는 기반이 되는 MOB과 동화해서 강화시키는 [빙의]나 대미지를 입은 영체나 형태가 일정하지 않은 MOB이 같은 종류끼리 합체해서 회복하는 [동화] 같은 능력이 있죠."

"그럼 자쿠로는 [빙의]인가? 동화는 아닌 것 같으니까."

"그런 것 같네요. [빙의] 같은 경우에는 스테이터스가 상승하거나 능력 중 일부를 쓸 수 있으니까요."

루카토의 생각을 듣고 내 옆에서 벚꽃을 올려다보고 있던 자쿠로를 바라보자 왜? 그렇게 말하는 듯이 고개를 갸웃거리고 있었다.

"자쿠로, 보스하고 전투를 벌일 때 구해줘서 고마워. 그리고 앞으로도 부탁할게."

그렇게 말하며 머리를 쓰다듬자 오히려 자쿠로가 내 손에 얼굴을 비벼대는 시늉을 했다.

그리고 느긋하게 꽃구경을 하며 30분 정도 지났을 무렵일 것이다.

[헤메임의 숲]에서 발목이 잡혀 있던 플레이어들보다 훨씬 늦게 온 플레이어 무리가 있었다.

그들은 처음에 [어비스 스파이더]와 싸우다가 전멸해서 죽어 돌아간 플레이어들이었다.

데스 페널티가 해제된 뒤에 다시 급하게 여기로 왔는지 어깨를 들썩이며 미카즈치가 있는 곳으로 와 있었다.

"겨우 돌아왔네……."

그렇게 말하며 지친 듯이 그 자리에 주저앉는 플레이어들.

"그런데 [어비스 스파이더]와 전투를 벌이면서 무슨 일이 있었던 거야?"

우리는 첫 번째 전투에서 쓰러뜨릴 수 있었지만, 먼저 도착했던 파티는 전멸했다.

우리들이 전투를 벌일 때는 보여주지 않았던 행동 패턴이 있을지도 모르고, 그밖에도 주의해야 할 행동이 있는지도 모른다.

그 때문에 미카즈치는 정보를 모으려 했다.

그리고 전멸한 원인은 [어비스 스파이더]의 그물에 잡혀 구해내지 못한 상태로 일정 시간이 지나면 즉사와 HP 흡수 공격을 가하기 때문인 모양이었다.

또한, 그물에 잡힌 상태에서는 스스로 [소생약]을 사용하지 못하기 때문에 그대로 시간 경과에 따라 죽어서 돌아가게 되는 모양이었다.

즉사 공격을 당하더라도 그물에서 풀려나 [소생약]을 쓰면 부활할 수 있다.

하지만 그것을 눈치채기 전에 아군 중 절반이 죽어서 돌아갔고, 보스가 스스로 회복할 수 있기 때문에 전투를 질질 끌기보다는 모두 함께 죽어서 돌아가기로 결심하고 싸움을 포기한 모양이었다.

"죽어서 돌아가긴 했지만 먼저 도착한 건 우리였다고! 젠장, 분하다."

"죽어서 돌아가기 전에 포탈을 등록해두었다면 더 빨리 돌아올 수 있었을 텐데!"

죽어서 돌아갔던 플레이어들이 축 처진 채 그렇게 이야기하는 것을 듣고 있자니 미카즈치가 불쑥 말했다.

"뭐, 안 됐구나. 그래도 이럴 때가 있는 법이니까 신경 쓰지 마. 자, 술 마실래?"

"네, 잘 먹겠습니다."

"아가씨, 미안한데 이 녀석들에게 술에 어울리는 음식을 만들어줘."

"정말, 알았어. 뭘 먹고 싶은데?"

찬합에 싸 온 요리를 다 먹고 난 뒤라서 이런 역할을 맡게 될 것 같았는데, 예상대로 들어맞았다.

죽어서 돌아간 플레이어들에게 직접 물어보자 깜짝 놀라면서도 확실하게 대답했다.

"앗, 그러면 나는 그냥 맛있는 요리."

"나도 그거."

""──이하동문.""

죽어서 돌아갔던 파티들은 딱히 술과 어울리는 요리가 아니어도 괜찮은 모양이었다.

"추가로 요리할 건데, 도와줄 사람 있어?"

내가 그렇게 말하자 [요리] 센스를 지니고 있는 플레이어 몇 명이 도와주겠다고 말해주었다.

그리고 요리에는 도움이 안 되지만 다른 플레이어들도 식재료 아이템을 제공해주었다.

나는 시치후쿠에게 받은 물고기와 이완에게 받은 잎새버섯 같이 생긴 [바위버섯], 그리고 여기로 오면서 손에 넣은 식재료 아이템으로 튀김을 만들기로 했다.

물고기와 [바위버섯], 산채와 비슷한 식재료는 그대로 튀김옷을 씌워 튀겼고, 채소는 잘게 잘라 채소튀김 재료로 사용했다.

그리고 랜드 스퀴드도 독을 빼고 깨끗하게 씻은 다음 두

껍게 썰어서 오이와 곁들여서 내고, [조합] 스킬의 건조를 응용해서 말린 다음 구웠다.

"더 줘! 너무 부족하다고!"

"이 산채 튀김은 너무 적잖아! 누가 식재료 좀 따와!"

"이 튀김은 밥에 얹어서 달콤한 소스를 뿌리면 채소튀김 덮밥이 되는데!"

그런 목소리를 들으며 튀김을 튀기는 내 옆에서 뮤우가 약간 불안한 듯한 표정을 짓고 있었다.

"뮤우, 왜 그래?"

"으, 응. 왠지 이렇게 즐거우니까 여기 오지 못한 히노하고 다른 사람들한테 미안하다 싶어서."

"아, 그렇구나."

오늘은 루카토만 함께 올 수 있었기에 미안한 마음이 든다고 하는 뮤우의 머리를 쓰다듬으며 말했다.

"따로 꽃구경을 하면 되잖아? 왕화앵 묘목도 손에 넣었으니까. 뭐하면 [아트리엘]에서 꽃구경을 해도 되고."

그때 요리도 해주겠다고 말하자 뮤우는 밝은 표정으로 변하였다.

"그렇지. 그때 부탁해도 돼?"

"물론이지. 뭐, 묘목을 심어서 어느 정도 키워야 할지도 모르겠지만."

"고마워, 윤 언니."

불안한 마음이 사라졌는지 뮤우도 그렇게 말한 다음 내

튀김 쟁탈전에 참가하기 시작했다.

결국에는 꽃구경이라고 하면서도 평소와 다를 것 없는 연회를 보고 나는 쓴웃음을 지으며 꽃구경이 끝날 때까지 계속 요리를 했다.

●

꽃구경이 끝난 뒤에는 플레이어들이 차례차례 산봉우리를 따라 전이 오브젝트인 포탈로 이동했다.

그때, 포탈에서 내려다본 광경을 보고 소리를 내며 감탄했다.

"오오, 이 산 너머는 이렇게 되어 있었구나."

남서쪽으로 뻗어 있는 산맥을 넘어간 곳에는 좁고 긴 형태의 숲이 펼쳐져 있었고, 그 숲을 사이에 두고 건너편에도 산맥이 뻗어 있었다.

"저기, 윤찌. 저기 보이는 건 바다야?"

"응? 아, 정말이네. 바다가 보여."

리리가 발견하고 손가락으로 가리킨 산맥의 경계를 [하늘의 눈] 센스로 바라보니 하늘의 경계선과는 색이 다른 푸른색, 그리고 하얀 모래사장이 살짝 보였다.

"둘 다 용케 눈치챘구나. 그러고 보니 윤 아가씨하고 뮤우, 세이는 해안에 가본 적이 있다면서."

내가 중얼거리자 근처에 있던 미카즈치가 대답했다.

센스 확장 퀘스트 시련을 치르기 위해 보스 MOB인 [황제 무지벌레]를 쓰러뜨리자 모래사장으로 갈 수 있었다.

그 모래사장과 같은 곳으로 이어져 있다면 우리가 통과한 루트는 [수영] 센스로 보스전을 시작하지 않으면 열리지 않는 지름길 루트.

그리고 이 여러 산맥을 넘어가는 육로가 정식 루트일 가능성이 있다.

"우리도 조만간 이 지역을 넘어서 바다까지 따라잡을 거야."

그렇게 말한 다음 바로 포탈에 손을 대고 전이하는 미카즈치를 보고 나는 쓴웃음을 지었다.

지금 바다로 나가봤자 배가 없기 때문에 앞바다까지는 나갈 수 없는데.

"윤찌, 미카즈치찌네가 바다에 도착하기 전에 배를 완성시키고 싶어."

"그래. 앞바다에 나가도 괜찮은 배를 만들 수 있는 기술하고 경험을 얻고 싶은데."

그래서 미카즈치 일행이 육로로 따라잡기 전에 우리들끼리 배를 만든 다음 최전선을 나아가는 플레이어들을 보조해줄 수 있으면 좋겠다, 그런 생각이 들었다.

그렇게 생산직으로서 새롭게 결심한 다음 포탈을 통해 제1마을로 전이해서 돌아갔다.

그리고 시간이 지난 뒤——.

나는 [아트리엘]의 밭과 맞닿아 있는 우드덱에 쿠키와 젤리 같은 것들을 늘어놓고 NPC인 쿄코 씨와 함께 차를 마실 준비를 하고 있었다.

그리고 우드덱 앞에는 크게 자란 도등화 나무와 그 옆에 심은 왕화앵 묘목이 꽃을 피우고 있었다.

봉오리, 벚꽃, 나뭇잎, 낙엽, 이 순서에 따라 나흘 주기로 변하는 묘목 타이밍을 생각하며 준비해 나갔다.

"오늘은 저희들을 위해 준비해 주셔서 감사합니다."

"우리를 위해서 꽃구경 자리를 마련해 줘서 고마워! 윤 씨!"

"어서 와. 나무가 작긴 하지만 즐기다 가도록 해."

루카토가 제일 먼저 고맙다는 인사를 했고, 그 옆에서 히노도 마찬가지로 인사를 했다.

길드 [팔백만]의 꽃구경 기획에 참가하지 못했던 지인들을 모아 개최한 두 번째 꽃구경은 작은 규모였지만 사람들이 꽤 모여주었다.

뮤우 파티는 모두가 모였고, 타쿠 파티에서는 미니츠와 마미 씨, 그리고 [기계장치 마도인형]과 아다만타이트 광석을 연구하는데 주력하고 있던 마기 씨도 참가해주었다.

모인 사람들 중 대부분이 여자라서 왠지 여자들의 모임 같은 느낌이 들었지만 신경 쓰지 않고 요리와 음료수를 내주었다.

"마미, 차를 가져 왔어."

"고마워, 미니츠. 내 허리까지 자란 묘목 벚꽃이 귀엽네."

미니츠와 마미는 나란히 작은 묘목에 피어난 왕화앵을 즐기고 있는 모양이었다.

사실 큰 나무에 활짝 핀 벚꽃을 즐겨줬으면 했지만, 작은 묘목에 피어난 꽃도 즐겨주고 있는 모양이라 꽃구경 준비를 한 보람이 있다.

"오~, 자쿠로도 드디어 성수가 되었구나. 축하해."

"뀨우!"

"와후!"

마기 씨는 파트너인 리쿠르와 함께 자쿠로와 장난을 치면서 [기계장치 마도인형]과 아다만타이트 광석을 연구하느라 쌓인 피로를 풀고 있는 것 같았다.

그리고 내 근처에는——.

"후후후, 윤 씨에게 새로운 동물귀 속성이 추가되었다는 소식을 들었어요. 부디 여우귀가 달린 윤 씨를 만지게 해주세요. 물론 만지게 해주신다면야 지금 상태라도 상관없고요."

"리레이. 니는 좀 얌전히 있어야."

나를 만지려고 리레이가 손을 뻗자 그 손을 잡고 말리는 코하쿠.

뮤우와 히노는 금강산도 식후경이라 생각하는지 준비한 과자가 더 신경 쓰이는 모양이었다.

토우토비는 루카토와 함께 왕화앵 묘목이 아니라 도등화 나무를 바라보고 있었다.

모두가 각자 다른 방식으로 즐기고 있었다.

"냐아! 윤 씨가 진정한 푹신푹신이 되었다는 소식을 들었는데!"

"벨! 가요!"

"냐아아아! 그럴 수가아아아!"

갑자기 [아트리엘] 가게 쪽에 시끄러운 목소리가 들렸기에 안을 들여다보았다.

입구에 벨이 서 있었는데, 곧바로 회색 코끼리 코가 뻗어나와 벨의 허리를 붙잡은 채 끌고 가는 모습이 보였다.

모습이 보이지는 않았지만 목소리를 들어보니 레티아가 벨을 데리고 간 모양이었다.

또 돌격해 오기 전에 간식이라도 들고 만나러 가자, 그렇게 마음속으로 맹세했다.

그렇게 약간의 해프닝이 생긴 뒤, 꽃구경을 충분히 즐긴 뮤우네 파티가 내 앞으로 왔다.

"윤 언니, 윤 언니!"

"그래그래. 왜?"

"저기 말이야. 말하는 게 좀 늦어져서 새삼스럽긴 하지만. 루카와 모두가 무사히 진급, 진학하게 되었습니다!"

그렇게 말하며 기뻐하는 뮤우네 파티를 나는 훈훈하게 바라보았다.

뮤우는 가족이라서 알고 있었지만, 뮤우네 파티 멤버들이 다들 무사히 진급하게 되었다니 기뻤다.

"축하해. 진학하는 거면 고등학생인가?"

"네. 3월은 조금 바빴지만 이제 겨우 숨을 돌렸네요."

"……4월부터 바빠질지 모르겠지만 그러다 보면 OSO를 아예 안하게 되어버릴 것 같으니까 무리해서라도 로그인하려고요."

"봄이 되면 습관이 무너져서 접어버린다는 소리를 듣곤 했거든. 그래도 나는 아직 OSO를 그만둘 생각이 없으니까!"

일상에 대해 말해주는 루카토와 새로운 생활에 대한 불안함이 엿보이는 토우토비. 그리고 토우토비의 말에 맞장구를 치면서 OSO에 대한 의욕을 보이는 히노.

그런 그녀들과는 달리 리레이와 코하쿠는 마기 씨와 미니츠, 마미 씨에게 고등학교 생활에 대한 여러 가지 조언 같은 것들을 듣고 있었다.

뭐, 리레이는 약간 흑심을 품고 있었고, 코하쿠는 그녀를 감시하면서도 진지하게 질문하고 있었다.

이제 곧 4월이 되는구나, 그렇게 생각하며 나는 뮤우 일행과 함께 약간 이른 봄을 즐겼다.

——스테이터스——

NAME : 윤

무기 : 검은 소녀의 장궁, 볼프 사령관의 장궁

보조무기 : 마기 씨의 식칼, 고기 써는 식칼 중흑, 해체식칼 창무

방어구 : CS No.6 오커 크리에이터 (하복, 동복)

액세서리 장비 한계 용량 (3/10)

· 페어리 링 (1)

· 대신하는 보옥의 반지 (1)

· 원예지륜구 (1)

소지 SP 20

[장궁 Lv41] [마궁 Lv25] [하늘의 눈 Lv25] [간파 Lv36]

[준족 Lv30] [마도 Lv32] [대지속성 재능 Lv14] [부가술사 Lv8]

[요리인 Lv16] [물리공격 상승 Lv23] [조약사 Lv29]

대기

[활 Lv55] [조교 Lv37] [연금 Lv47] [합성 Lv46] [조금 Lv39]

[생산직의 소양 Lv25] [수영 Lv18] [언어학 Lv28] [등산 Lv21]

[신체내성 Lv5] [정신내성 Lv4] [선제의 소양 Lv14]

[급소의 소양 Lv12] [염동 Lv6]

모험의 성과——

· 셰이드 결정수를 재배하여 그 소재로 액세서리 [몽환의 주민]을
만들게 되었다.

· 황야 에리어에서 지하 계곡을 발견했다.

· 사역 MOB : 공천호 [자쿠로]가 성수화했다.

· 퀘스트 [왕화앵의 꽃을 피워라]를 달성하고 퀘스트 보수인 왕화앵 묘목을 손에 넣었다.

처음 뵙는 분, 오랜만에 뵙는 분, 안녕하세요. 아로하자초입니다.

이 책을 읽어주신 분, 담당 편집자인 O 씨, 작품에 멋진 일러스트를 마련해주신 유키상 님, 그리고 출판되기 전부터 인터넷에서 제 작품을 봐주신 분들께 감사드립니다.

OSO 시리즈는 현재 드래곤 에이지에서 하니쿠라운 선생님의 코미컬라이즈 버전이 연재되고 있습니다. 코미컬라이즈를 통해 큐트한 코믹 버전 윤 일행의 활약이나 귀여운 모습을 볼 수 있습니다.

그리고 이 작품과 동시에 신작 『몬스터 팩토리——좌천기사가 시작하는 마물 목장 이야기——』가 발매되니 그쪽도 봐주시면 좋겠습니다.

이번 13권에서는 드디어 사역 MOB인 공천호 자쿠로가 성수화하여 윤에게 빙의해서 여우 소녀가 되었습니다.

자쿠로는 OSO 2권에 등장해서 오랫동안 OSO의 푹신푹신 요소로 치유해주었습니다.

물론 독자분들뿐만이 아니라 집필하고 있는 저도 윤과 자쿠로, 다른 사역 MOB들을 접하며 치유되었습니다.

자쿠로의 꼬리로 목을 감고 싶다, 고속으로 휘두르는 두 꼬리에 찰싹찰싹 뺨을 맞고 싶다, 작은 동물들에게 둘러싸이고 싶다, 그렇게 상상한 적도 있습니다.

　다른 사람들만큼 귀엽고 작은 동물들을 좋아해서 가끔 지친 마음을 동물 동영상으로 달래곤 합니다.

　그런 저도 요즘에 고민이 한 가지 있습니다.

　그것은 OSO와 신작『몬스터 팩토리』, 두 작품의 몬스터 디자인을 하는 것이 꽤 힘들다는 고민입니다.

　한쪽은 VRMMO, 게임에 등장하는 적 MOB과 사역 MOB, 전투 루틴이나 능력 등의 디자인.

　다른 한쪽은 이세계 판타지의 마물, 그 배경이나 생태, 효과적으로 활용하는 방법 등의 디자인.

　물론 전부 오리지널은 아니고 어디선가 본 적이 있는 것 같은 몬스터도 있습니다만, 그럼에도 불구하고 몬스터를 움직일 때는 작품을 더욱 재미있게 만들 수 있게 움직이게끔 고려하고 있습니다.

　그래서 저는 밤낮으로 생물의 움직임이나 부위를 이해하기 위해 동물 동영상을 보거나, 게임 방송에 등장하는 적 MOB을 참고하거나, 생물 표본 사진이나 부위 해설 등을 확인하며 몬스터 디자인에 힘쓰고 있습니다.

　그런 제가 디자인한 몬스터들이 여러분의 상상속에서 활약할 수 있으면 좋을 것 같습니다.

　앞으로도 저, 아로하자초를 잘 부탁드립니다.

　마지막으로 이 책을 읽어주신 독자 여러분께 다시 감사의 말씀 드립니다.

　다시 여러분을 만나게 될 날을 기대하겠습니다.

2017년 8월 아로하자초

안녕하세요. 천선필입니다.

온리 센스 온라인 13권, 재미있게 읽으셨는지 모르겠습니다.

이번 13권은 전체적으로 플레이어들이 대규모로 움직이는 이야기였습니다. 전반부는 GVG라는 이벤트를 통해 대규모 PvP를 진행했고, 후반부는 꽃구경으로 시작해서 어비스 스파이더 레이드라는 형식의 대규모 PVE가 전개되었습니다. 이 작품의 주인공인 윤이 기본적으로는 솔로잉을 주로 하며 필요에 따라서 파티 플레이를 하는 스타일이다 보니 많은 플레이어들이 한꺼번에 묘사되는 이번 권의 내용은 비교적 신선하게 느껴지는 것 같습니다.

이 작품의 제목이자 윤이 플레이하는 게임인 온리 센스 온라인도 MMORPG다 보니 이런 대규모 이벤트 및 플레이 방식도 나와줘야 하지 않나 싶긴 합니다. 주인공 윤의 성격이 그런 것과는 맞지 않아서 소소한 솔로잉이나 마음이 맞는 사람들과의 파티 플레이가 이 작품의 주 내용이긴 하지만 온리 센스 온라인이 MMORPG——Massively Multiplayer Online Role Playing Game——, 즉 대규모 다중 사용자 온라인 롤플레잉 게임을 표방하고 있으니 완전히 배

제할 수는 없겠죠. 저 개인적으로는 소소한 솔로잉과 소규모 파티 플레이라는 이 작품의 분위기를 잘 살려냈다고 생각하는 초반 이벤트, 환수의 섬 서바이벌 때도 마무리는 긴급 퀘스트이자 레이드 퀘스트라 할 수 있는 환수 사냥꾼 토벌이었으니까요.

게임을 기획하는 입장에서는 이런 대규모 이벤트를 이용해서 플레이어들의 커뮤니티성을 강화시키고 이야기의 판을 키울 수 있기 때문에 주로 메인 컨텐츠 또는 최종 컨텐츠로 도입하곤 합니다. 현실에도 윤처럼 솔로잉이나 소규모 파티 플레이를 선호하는 플레이어가 꽤 있고 진입장벽이 높은 경우가 많아서 애를 먹긴 하지만요. 대인전을 꺼려하고 레이드 보스에 질색하는 윤이 그런 플레이어들의 모습을 잘 나타내주고 있는 것 같습니다. 결국에는 전부 다 참가하게 되긴 합니다만. 가끔은 레이드도 뛰어주고 해야(?) MMORPG를 한다 할 수 있겠죠.

그런 생각을 하며 이번 온리 센스 온라인 13권 번역을 마쳤습니다. 항상 그렇지만 이렇게 번역 작업을 마칠 수 있게 도와주신 분들께 감사의 인사를 드리고 후기를 마치려 합니다.

매번 번거로움을 끼쳐드리고 있는 담당 편집자분과 소미미디어 관계자 여러분, 부모님, 그리고 귀여운 조카를 얻어

가족들을 기쁘게 해준 누나와 매형 부부, 감사합니다.

그리고 이 책을 읽어주신 독자 여러분. 진심으로 감사드립니다. 제가 이렇게 번역을 마치고 후기를 쓸 수 있게 된 것은 독자분들 덕분이라 생각합니다. 앞으로도 즐겁게 보실 수 있게끔 노력하겠습니다.

중간중간 나오고 있는 바다, 갤리온 등등, 앞으로도 흥미로운 이야기가 계속될 것 같습니다. 다음 권도 기대해볼 만할 것 같네요.

항상 행복하시고 건강하시길 바랍니다.
감사합니다.

천선필

Only Sense Online Vol.13
©Aloha Zachou, Yukisan 2017
First published in Japan in 2017 by KADOKAWA CORPORATION, Tokyo.
Korean translation rights arranged with KADOKAWA CORPORATION, Tokyo.

온리 센스 온라인 13

2019년 2월 24일 1판 1쇄 인쇄
2019년 3월 1일 1판 1쇄 발행

저   자 아로하자초
일 러 스 트 유카상
옮 긴 이 천선필
발 행 인 유재옥
본 부 장 조병권
담당편집자 김민지
편   집 강혜린 김다솜 김민지 김혜주 이문영 박은정 이용훈 정영길 조찬희
디 지 털 최민성 박지혜
라이츠담당 박선희 오유진
발 행 처 ㈜소미미디어
등   록 제2015-000008호
제 작 처 코리아피앤피
주   소 서울시 마포구 토정로222, 403호(신수동, 한국출판콘텐츠센터)
판   매 ㈜소미미디어
마 케 팅 한민지 한주원
물   류 허석용 최태욱
전   화 편집부 (070)4164-3962, 3963 기획실 (02)567-3388
              판매 및 마케팅 (070)4165-6888, Fax (02)322-7665

ISBN 979-11-6389-233-5
ISBN 979-11-5710-083-5 (세트)